Maggie Cox

Su joya más preciada

Editado por HARLEQUIN IBÉRICA, S.A.
Núñez de Balboa, 56
28001 Madrid

SU JOYA MÁS PRECIADA, N.º 2190 - 24.10.12
Título original: One Desert Night
Publicada originalmente por Mills & Boon®, Ltd., Londres.

I.S.B.N.: 978-84-687-0889-8
Depósito legal: M-27968-2012
Editor responsable: Luis Pugni
Fotomecánica: M.T. Color & Diseño, S.L. Las Rozas (Madrid)
Impresión en Black print CPI (Barcelona)
Fecha impresion para Argentina: 22.4.13
Distribuidor exclusivo para España: LOGISTA
Distribuidor para México: CODIPLYRSA
Distribuidores para Argentina: interior, BERTRAN, S.A.C. Vélez Sársfield, 1950. Cap. Fed./ Buenos Aires y Gran Buenos Aires, VACCARO SÁNCHEZ y Cía, S.A.
Distribuidor para Chile: DISTRIBUIDORA ALFA, S.A.

Capítulo 1

¿Quién ha amado que no haya amado a primera vista?
El reino de Kabuyadir...

La brisa parecía llevar el sonido de un llanto. Al principio, Zahir creyó haberlo imaginado, pero volvió a escucharlo cuando salió al patio de mosaicos, el extraño sonido distrayéndolo de su decisión de marcharse de la fiesta que tanto lo aburría y volver a casa.

Había decidido dejar atrás las insustanciales conversaciones para buscar un momento de soledad y pronto buscaría a su anfitrión para despedirse. Y, sabiendo lo que pasaba en su casa, Amir lo entendería perfectamente.

Adoptando un aire distante y frío que desanimaba hasta al más valiente, Zahir salió al patio y miró alrededor buscando... ¿qué? No lo sabía. ¿Era el llanto de un niño lo que oía? ¿O tal vez la queja de un animal herido?

¿O era simplemente el producto de una mente cansada y un corazón dolorido?

El ruido del agua que salía de la boca de una sirena en la magnífica fuente en el centro del patio acalló el llanto por un momento.

Por el rabillo del ojo, Zahir vio algo rosado y giró la cabeza para mirar un asiento de piedra medio oculto entre las oscuras hojas de una planta de jazmín bajo el que asomaban unos bonitos pies descalzos.

Intrigado, dio un paso adelante.

–¿Quién está ahí?

Lo había preguntado en voz baja, pero con el tono autoritario al que estaba acostumbrado.

Escuchó entonces un sollozo y, conteniendo el aliento, alargó una mano para apartar las hojas...

–Soy yo, Gina Collins.

La extraña tenía los ojos azules más embrujadores que Zahir había visto nunca. Unos ojos cuya luminosidad podría rivalizar con la luz de la luna.

–¿Gina Collins?

Ese nombre no significaba nada para él, pero la belleza rubia que emergió de su escondite con un vestido rosa hasta los tobillos lo afectó como no lo había afectado nunca una mujer.

Era bellísima, alguien a quien ningún hombre podría olvidar.

Ella se secó las lágrimas con el dorso de la mano.

–Sí.

–No sé quién eres –dijo Zahir, enarcando una ceja.

–Soy la ayudante del profesor Moyle. Hemos venido a catalogar los libros y las antigüedades de la señora Hussein.

Zahir recordaba vagamente que la mujer de su amigo Amir, Clothilde, que era profesora de arte en la universidad, le había hablado de su intención de catalogar su biblioteca de libros raros y valiosos.

Pero no se habían visto desde la muerte de su madre y, francamente, él tenía cosas más importantes de las que ocuparse.

–¿El trabajo es tan terrible que te obliga a esconderte? –bromeó Zahir.

Ella lo miró con sus enormes ojos azules.

–No, en absoluto. El trabajo es maravilloso.

–Entonces, me gustaría conocer la razón para tus lágrimas.

La joven permaneció en silencio y a Zahir no le importó esperar. ¿Por qué iba a impacientarse cuando se sentía feliz mirando a aquella criatura exquisita, con unas facciones que parecían esculpidas por un artista? En particular, sus temblorosos labios.

Ella suspiró suavemente.

–Hoy he recibido la noticia de que mi madre está ingresada en el hospital. Mi jefe ha conseguido un billete de avión para mí y mañana a primera hora volveré a Reino Unido.

Zahir sintió una oleada de compasión. Él sabía muy bien lo que era tener una madre enferma, ver cómo se deterioraba día tras día y sentirse incapaz de hacer nada al respecto. Pero le sorprendía cuánto lo perturbaba que aquella bella joven estuviera a punto de marcharse cuando acababa de encontrarla.

–Lo siento mucho, pero debo confesar que lamento que debas volver a casa sin que hayamos tenido la oportunidad de conocernos.

Ella frunció el ceño.

–Aunque mi madre está enferma, me gustaría no tener que marcharme de Kabuyadir. ¿Cree que hago mal? Preferiría quedarme aquí, la verdad. Hay algo mágico en este país, algo que me tiene hechizada.

Su respuesta fue tan sorprendente que, por un momento, Zahir no supo qué decir.

–Si te gusta este país, debes volver lo antes posible, Gina. Tal vez cuando tu madre se haya recuperado –sugirió por fin, con una sonrisa amable.

–Me encantaría volver. No puedo explicarlo, pero siento que este sitio empieza a ser mi hogar... más que mi propio país.

Su mirada se iluminó de repente y Zahir decidió que no tenía la menor prisa por marcharse.

–Debes creerme muy grosera por estar aquí, apartada de todos, pero la graduación del sobrino del señor Hussein debería ser una ocasión feliz y no quería entristecer a nadie. No podía contener mis sentimientos y es difícil ser simpática cuando no te sientes bien.

–Todo el mundo entenderá que hayas querido estar sola un rato, pero está bien que hayas acudido a la fiesta. La costumbre aquí es invitar a todos los parientes, amigos y conocidos cuando hay algo que celebrar.

–Eso es lo que me gusta tanto de esta gente. La familia es muy importante para ellos.

–¿Y en tu país no lo es?

Ella lo miró con expresión contrita.

–Para algunos tal vez, pero no para todo el mundo.

–He vuelto a entristecerte, lo siento.

–No, no. Estoy triste por la enfermedad de mi madre, pero la verdad es que nuestra relación no es... en fin, no es todo lo afectuosa que a mí me gustaría. Mis padres son académicos y lidian con hechos, no con sentimientos. Para ellos, los sentimientos son un estorbo –Gina suspiró–. Pero no quiero aburrirte con mis problemas. Me alegro de haberte conocido, pero creo que debería volver a la fiesta.

–No hay prisa. Tal vez podrías quedarte un rato aquí conmigo. Hace una noche preciosa, ¿verdad?

Zahir la tomó del brazo y el roce de la satinada piel lo mareó de deseo. Era como si un ardiente viento del desierto recorriera sus venas. No podía apartar los ojos de ella.

–Tal vez podría quedarme un rato más. Tiene razón, hace una noche preciosa –Gina dio un paso atrás, como si se hubiera dado cuenta de que estaban demasiado cerca–. ¿Eres pariente de la familia Hussein? –le preguntó.

–No estamos emparentados, pero Amir y yo somos amigos desde hace mucho tiempo y siempre lo he considerado como un hermano. Mi nombre es Zahir –se presentó, haciendo una leve inclinación de cabeza.

Ella puso cara de sorpresa. ¿Por la inclinación o porque solo le había dicho su nombre de pila?

En Occidente resultaría normal, pero no era así como hacían las cosas en Kabuyadir, especialmente cuando uno estaba destinado a heredar un reino.

–Zahir... –Gina repitió su nombre en voz baja, como si fuera algo precioso–. Incluso los nombres aquí tienen un aire de misterio, de magia.

–Ven, vamos a dar un paseo. Sería una pena desperdiciar la luna llena en un jardín solitario, ¿no te parece?

–¿No te echarán de menos en la fiesta?

–Si a nuestro anfitrión le preocupa mi ausencia, será lo bastante educado como para no decirlo. Además, no tengo que darle explicaciones a nadie –Zahir miró sus bonitos pies descalzos, las uñas pintadas del mismo tono rosa que su vestido–. Pero deberías ponerte unos zapatos.

–Están ahí, en el banco.

Gina se acercó al asiento de piedra medio escondido entre las hojas y tomó sus sandalias. Cuando un mechón de pelo rubio cayó sobre su frente ella lo apartó, sonriendo.

La sonrisa de una mujer nunca lo había afectado de ese modo. Nunca lo había dejado sin palabras, pero así era. Zahir le ofreció su mano y cuando ella la aceptó perdió la noción del tiempo y el espacio. El dolor y la angustia que sentía desde la muerte de su madre desapareció de repente...

Estudiando el rostro de facciones marcadas, los penetrantes ojos oscuros y el largo pelo negro, Gina se sintió cautivada.

Con un ancho cinturón de cuero sujetando la chilaba oscura, podría ser un califa, un soldado, un guardaespaldas tal vez. Era un hombre alto y fuerte que parecía acostumbrado a cuidar de sí mismo y de los demás.

Tal vez era peligroso confiar en un desconocido, pero como Gina nunca había sentido lo que sentía en ese momento, tenía que creer que era *kismet*, como solían llamarlo en aquella parte del mundo. En aquel momento necesitaba la presencia de una figura fuerte, alguien en quien apoyarse.

Algo le decía que Zahir la entendía y pensar eso era embriagador.

Mientras paseaban por el jardín, enclaustrado entre altos muros de piedra, con la luz de la luna iluminando el camino, se preguntó cómo iba a soportar su regreso a casa.

Cuando su madre se recuperase, volvería a hacer lo mismo de siempre, pero Gina no podía negar su anhelo de conectar con algo más profundo y más real; su anhelo de vivir. Se había engañado a sí misma pensando que estudiar viejos tomos y catalogar objetos antiguos era suficiente y desde que llegó a Kabuyadir había empezado a preguntarse si eso era lo único que quería de la vida.

Le encantaba su trabajo, pero viajar al otro lado del mundo y descubrir el sensual paraíso de sonidos y aromas que solo conocía por las páginas de los libros de historia la había hecho experimentar una inquietud que ya no podía contener.

Para sus padres, los dos profesores, la vida académica era más que suficiente. Su matrimonio estaba basado en intereses comunes y admiración profesional, pero nunca expresaban sentimientos más profundos el uno hacia el otro. Ni hacia ella.

La habían criado como si fuera una responsabilidad, empujándola para que se interesase en la historia del arte y rara vez le habían dicho que la querían...

Pero su madre estaba enferma y sabía que su padre lidiaría con su enfermedad encerrándose en los libros en lugar de expresar emociones. Y ella se sentiría incómoda en el hospital, sin saber qué decir...

Naturalmente, le apenaba que su madre estuviera enferma, pero debería haberse rebelado mucho tiempo atrás contra el camino que habían trazado para ella.

A los veintiséis años, no sabía nada de la vida. Sabía mucho sobre libros y objetos antiguos, pero ni siquiera había aprendido a cocinar, algo heredado de sus siempre ocupados padres.

Y nunca había tenido una relación amorosa.

Sus amigas desdeñaban las relaciones porque serían una pérdida de tiempo y las distraerían de su trabajo, pero desde que llego a Kabuyadir, la idea de tener una relación se había convertido en una obsesión para ella.

–¿Sabes que los antiguos astrólogos solían trazar el destino de los reyes a través de las estrellas? –su acompañante señaló el cielo, cubierto de puntitos que brillaban como diamantes.

Gina sintió un escalofrío. El aspecto físico de Zahir era impresionante, pero su voz era cautivadora. Todo eso, unido al ambiente de ensueño en el patio, era como una telaraña que envolvía su corazón.

–¿Solo de los reyes? –le preguntó–. ¿Las estrellas no pueden trazar el destino de las personas normales?

Cuando Zahir capturó su mano izquierda para examinarla, el corazón de Gina se detuvo durante una décima de segundo. Un golpe de viento movió su pelo entonces, apartándolo de su cara, liberándola, como si quisiera también liberar su alma.

–No creo que tú seas una persona normal en ningún sentido. Tu destino será hermoso, *rohi*. ¿Cómo podría ser de otra manera?

–Eres muy amable, pero no me conoces. Aparte de venir aquí, a mí nunca me ha pasado nada extraordinario.

–Me duele que no sepas lo que vales, Gina. Eres absolutamente encantadora.

–Nadie me lo había dicho nunca.

–Entonces, la gente a la que conoces está ciega.

Cuando inclinó la cabeza, Gina ni siquiera pensó en apartarse. Su tristeza y su frustración con la vida reemplazadas por un anhelo desconocido mientras la tomaba por las caderas, el íntimo contacto quemándola a través del vestido.

Los labios de Zahir rozaron los suyos, suaves y eróticos, su barba bien recortada más suave de lo que había imaginado. La acariciaba como si fuera un pajarito al que no quisiera asustar con su fuerza y supo que nunca lo olvidaría. El calor y el aroma del cuerpo masculino invadían su sangre como una droga y sintió que le temblaban las rodillas. Pero quería más... mucho más de aquella potente magia.

–¿Tienes frío? –le preguntó él.

–No, no tengo frío... tiemblo porque estoy nerviosa.

–Te he asustado.

Cuando Zahir iba a apartarse, Gina puso una mano sobre su corazón, el fino algodón de la chilaba tan sensual como el roce del más lujoso terciopelo. Bajo su mano notaba unos músculos que irradiaban masculina energía y la fuerza de un guerrero...

Zahir la atrajo hacia él y, al entrar en contacto con la dura realidad masculina, Gina contuvo el aliento.

¿Cómo algo que nunca había experimentado antes de repente le parecía tan esencial como respirar? Si la soltaba, tendría que suplicarle que siguiera abrazándola.

La mezcla de perfumes, jazmín, rosa, azahar, del jardín aumentaba la magia de un momento que estaría grabado en su memoria para siempre. Y cuando la besó, con un ansia cruda y elemental, tuvo que agarrarse a él para no perder el equilibrio.

Zahir se apartó unos segundos después, jadeando.

–Te vas mañana y yo... –empezó a decir, sacudiendo la cabeza–. No quiero dejarte ir.

–Tampoco yo quiero marcharme, pero debo hacerlo.

–¿Debemos separarnos así? Jamás había sentido esto con otra mujer. Es como si... como si fueras una parte de mí que no sabía hubiera perdido hasta que te he encontrado.

La devoraba con los ojos y Gina sintió que su corazón se encogía de angustia al pensar en separarse de él. La gente la juzgaría como una mala hija porque prefería quedarse con Zahir en lugar de ir a casa para cuidar de su madre enferma...

Pero en aquel momento no le importaba. ¿Cómo iba a importarle si le había faltado cariño y calor humano durante tanto tiempo?

¿Por qué iba a sentirse culpable cuando su apasionada confesión era lo más maravilloso que le había pasado nunca?

–Imagino que te alojarás en una de las casas de la finca –Zahir la llevó hacia un grueso árbol, mirando hacia atrás para ver si estaban siendo observados. Pero, salvo el canto de los grillos y el tintineo del agua de la fuente, el fragante jardín estaba en silencio.

Gina se mordió los labios.

–Así es.

–¿Podemos ir allí? –Zahir acariciaba su muñeca con el pulgar y la tensión era como un arco estirado al límite, a punto de partirse en dos.

–Sí.

Fueron en silencio hacia un emparrado que llevaba a otra zona del jardín en la que estaba la casita de adobe que ocupaba Gina, con una entrada en forma de arco de herradura y las tradicionales ventanas estrechas para evitar el calor.

Como en las montañas llovía a menudo, todo estaba verde, perfumado y lleno de flores. La temperatura allí no era tan alta como en el desierto y ocasionalmente eran bendecidos por una fresca brisa.

A unos cien metros, medio escondida entre dos magníficas palmeras, había otra casa ocupada por el jefe de Gina, Peter Moyle. Pero Peter seguía en la fiesta de Amir Hussein, de modo que Zahir y ella pudieron entrar en la suya sin ser vistos.

Se sentía atrevida y un poco asustada. Siempre había pensado que era un poco aburrida y dejarse llevar por aquel impulso, hacer algo que había anhelado durante tanto tiempo sin miedo a las consecuencias era maravilloso.

Había dejado una lamparita encendida en el vestíbulo, pero cuando iba a entrar en el salón, Zahir la tomó por la cintura y lo que vio en sus ojos la dejó sin aliento.

–¿Dónde duermes? –le preguntó, con una voz ronca imbuida por el calor del desierto.

Tomando su mano, Gina lo llevó a un fresco dormitorio con el suelo de losetas y una cama con cortinas del color de la puesta de sol, los apliques de la pared iluminando la estancia con una luz suave.

Zahir tomó su cara entre las manos, unas manos capaces y fuertes, las manos de un hombre acostumbrado a proteger a los demás. Y su mirada... su oscura mirada era un benevolente y sedoso océano en el que a Gina no le importaría hundirse.

El corazón de Zahir latía con fuerza dentro de su pecho. Le había dicho que nunca había deseado a una mujer como la deseaba a ella y era cierto. ¿Cómo podía una atracción ser tan violenta, tan inmediata? Se sentía cautivo de aquella belleza hasta el punto de no ser capaz de pensar y menos de buscar una explicación razonable.

En contraste con su pelo dorado, las cejas de Gina eran oscuras y arqueadas, enmarcando unos ojos como dos topacios. Y su rostro era tan hermoso... poseía una belleza imposible de olvidar.

Tal vez aquella sería la única ocasión de estar juntos en mucho tiempo porque no sabía cuándo volvería de Reino Unido. ¿Cuánto tiempo antes de que volviera a Kabuyadir? ¿Por qué el destino lo había llevado hasta aquel tesoro para robárselo después?

–Jamás hubiera esperado...

Gina no terminó la frase y Zahir notó que contenía el aliento, sus temblorosos labios delatando un nerviosismo que no podía disimular.

¿Cómo podía decirle sin palabras, porque las palabras serían inadecuadas, que él nunca le haría daño? Eran las mismas razones que lo habían hecho mirar hacia atrás por si estaban siendo observados. Él se haría responsable si alguien intentaba juzgarla.

–Tampoco yo, *rohi* –Zahir pasó la yema del pulgar por sus generosos labios–. Y, si lo único que nos depara el destino es estar juntos esta noche..., entonces, te prometo que será una noche que no olvidaremos nunca.

Tres años después...

–Papá, ¿estas ahí? Soy yo –lo llamó Gina, mientras tomaba el correo que se había acumulado en el felpudo de la entrada. Con el ceño fruncido, recorrió el oscuro pasillo que llevaba al estudio y encontró a su padre inclinado sobre el escritorio, mirando lo que parecía un legajo antiguo.

Con su despeinado cabello gris y los delgados hombros bajo una camisa azul sin planchar, no parecía solo aislado, sino triste y abandonado también.

Y Gina se sintió culpable. Trabajaba mucho en la prestigiosa casa de subastas y, aunque lo llamaba por teléfono todos los días, no había ido a verlo en una semana.

–¿Cómo estás, papá? –le preguntó, inclinándose para darle un beso en la mejilla.

Su padre la miró con gesto de sorpresa, como si estuviera viendo un fantasma.

–Pensé que eras Charlotte. Cada día te pareces más a tu madre, Gina.

–¿Ah, sí? –exclamó ella, sorprendida.

La muerte de su madre tres años antes había sido un golpe más duro de lo que Gina había pensado y su padre nunca la mencionaba.

–Te pareces mucho –Jeremy dejó sobre el escritorio el documento que estaba estudiando–. ¿Qué tal tu trabajo?

–Si quieres que te diga la verdad, es agotador. Cuando pienso que lo tengo controlado descubro algo nuevo... tengo mucho que aprender.

–Eso significa que estás ganando sensatez y prudencia.

–Eso espero. Por muchos títulos que tenga, me siento como una novata en este oficio.

–Lo entiendo, hija, pero no tengas tanta prisa. Este oficio, como tú lo llamas, es una pasión para la mayoría de los que se dedican a ello. Nunca deja uno de aprender y descubrir cosas. Además, eres muy joven... ¿cuántos años tienes?

–Veintinueve.

–¡Santo cielo!

Su exclamación hizo reír a Gina.

–¿Cuántos años creías que tenía? –le preguntó, alegrándose al ver que no estaba distraído o triste como tantas otras veces.

–Yo siempre te veo como una niña de cinco años... alargando las manitas hacia los papeles de mi escritorio. Incluso entonces tenías interés por la historia, Gee-Gee.

Ella lo miró, perpleja.

–¿Gee-Gee?

–Así era como te llamaba entonces. ¿No te acuerdas? A tu madre le parecía muy gracioso que a un distinguido profesor de historia antigua se le hubiera ocurrido algo tan frívolo.

–Toma –dijo Gina, con un nudo en la garganta.

–¿Qué es esto?

–El correo, papá. Se había ido acumulando en la puerta... ¿por qué no te lo ha traído la señora Babbage?

–La señora Babbage se despidió la semana pasada. Su marido está en el hospital, así que tengo que encontrar otra ama de llaves...

Gina puso una mano en su hombro y se quedó sorprendida al ver lo delgado que estaba.

–Es la tercera ama de llaves que pierdes en un año.

–Lo sé –asintió él–. Debe de ser mi encantadora personalidad.

Ella lo miró, muy seria.

–¿Qué has comido durante esta semana? Nada, por lo que veo.

–He comido lo que tenía en la nevera.

–¿Por qué no me habías dicho nada?

Por un momento, la expresión de su padre le recordó a un niño al que su profesora estuviera regañando y eso la conmovió.

–No quería preocuparte, hija. No es culpa tuya, es culpa mía por no haber aprendido a cocinar. Siempre con la cabeza en los libros... desde que tu madre murió no puedo concentrarme en nada. La gente pensó que era una persona fría cuando no lloré en el funeral, pero te aseguro que lloraba por dentro... –su voz se rompió entonces–. Lloro por dentro todos los días...

Gina no sabía qué decir. Era como si estuviese hablando con un extraño, no con su remoto, serio y reservado padre. El hombre que ella había pensado no tenía sentimientos.

Sin saber qué hacer, le dio una palmadita en el hombro para consolarlo.

–¿Por qué no te preparo una taza de té? Lo tomaremos en el cuarto de estar y luego iré al supermercado para comprarte algo de comida.

–¿Tienes prisa, hija? –le preguntó su padre, mirándola con un inusual brillo de afecto en los ojos.

–No, no tengo prisa. ¿Por qué?

–¿Te importaría quedarte un rato? Podríamos charlar... podrías contarme un poco más sobre tu trabajo en la casa de subastas.

¿Representaría aquello un cambio en su difícil y a veces distante relación? ¿Por qué ahora cuando habían pasado tres años desde la muerte de su madre? ¿Tanto tiempo había tardado en darse cuenta de que quería a su hija?

Gina no sabía si alegrarse o enfadarse y, después de quitarse la gabardina, la dejó sobre el respaldo del sillón.

–Voy a hacer un té. ¿Por qué no vas al cuarto de estar y enciendes la chimenea, papá? La casa está helada.

En la cocina, mirando las paredes que necesitaban una mano de pintura y los armarios que debían de estar vacíos, llenó la tetera de agua y la puso al fuego. Encontrar a su padre tan abandonado, tan triste, y recordándola de niña, era turbador. Pero, además, horas antes había recibido otra sorpresa.

Le habían pedido que se uniese a un equipo de investigadores para estudiar la procedencia e historia de una valiosa joya de Kabuyadir, un nombre que despertaba poderosos recuerdos y la hacía anhelar a un hombre cuya piel parecía imbuida del calor del desierto. Un hombre cuyos ojos quemaban con una pasión que la había consumido desde la primera mirada, pero al que Gina había tenido que decir adiós después de esa mágica e inolvidable noche tres años antes porque su madre estaba en el hospital.

Cuando Charlotte Collins murió poco después, se había sentido responsable de su padre. Tanto que cuando Zahir llamó por segunda vez, poco después del funeral, Gina había decidido olvidar su maravillosa noche de pasión y *kismet* para concentrarse en su carrera académica. Su padre insistía en decir que de ese modo honraría la memoria de su madre...

Con los ojos empañados, y un nudo en la garganta del tamaño de Gibraltar, Gina había rechazado volver a Kabuyadir, diciendo que debía proseguir con su carrera y que sería una tonta si lo dejase todo por una simple aventura amorosa.

Pero mientras lo decía, sentía como si una extraña se hubiese apoderado de su mente; una extraña que no creía en el amor a primera vista o en los finales felices. A medida que pasara el tiempo, le dijo, él mismo se daría cuenta de que era lo mejor.

Sin embargo, las últimas palabras de Zahir le habían roto el corazón:

–¿Cómo puedes hacerme esto, Gina? ¿Cómo puedes hacernos esto a los dos?

Capítulo 2

ZAHIR entró en el sereno jardín, donde el aire estaba cargado de perfumes, y vio a su hermana sentada en un banco de madera frente al estanque, tan triste como siempre, en un mundo al que él no podía llegar.

Siempre habían tenido una relación muy estrecha, pero desde que perdió a su marido, Azhar, seis meses antes, Farida se había vuelto reservada y poco comunicativa. La alegría había desaparecido de sus ojos almendrados.

¿Volvería a verla reír algún día?, se preguntó. No quería ni pensar que no fuera así.

Daría cualquier cosa por verla feliz. Con sus padres muertos, solo se tenían el uno al otro...

–¿Farida?

Ella levantó la mirada durante un segundo, antes de volver a mirar el estanque.

–Voy a la ciudad y he pensado que tal vez te gustaría ir conmigo. Podríamos cenar en tu restaurante favorito.

–Si no te importa, prefiero quedarme aquí. No me apetece ver a nadie.

Zahir dejó escapar un suspiro. Desde que heredó el gobierno de Kabuyadir tras la muerte de su padre, todos lo veían como un líder, la persona que los guiaba e impartía sabiduría. Aparentemente, su hermana no pensaba lo mismo.

–¿Y qué vas a hacer sola todo el día?

Ella sacudió la cabeza, sin mirarlo.

–Haré lo que hago siempre: quedarme aquí sentada, recordando lo feliz que era con Azhar y sabiendo que nunca más volveré a serlo.

–Deberías haber hecho un matrimonio concertado, como es la costumbre –dijo Zahir, irritado–. Entonces no habría sido un golpe tan duro perder a tu marido. Casarse por amor es un error.

Farida lo miró entonces, perpleja.

–¿Cómo puedes decir eso? El matrimonio de nuestros padres no fue concertado. ¿Has olvidado lo felices que eran? Papá me contó una vez que amar a mamá era la razón de su vida, que nada podía darle mayor felicidad.

Zahir cruzó los brazos sobre el pecho, mirándola con el ceño fruncido.

–Y cuando ella murió, se convirtió en un hombre roto. ¿Has olvidado eso?

–Has cambiado, Zahir, y me preocupa –dijo Farida, sin poder disimular su tristeza–. Gobiernas Kabuyadir de manera ejemplar, pero también gobiernas tu corazón con mano de hierro y te has vuelto frío y amargado. ¿Recuerdas la profecía de El Corazón del Valor, que lleva en nuestra familia tantas generaciones? Según ella, todos los hijos de la casa de Kazeem Khan se casarán por amor, no por estrategia o para buscar alianzas.

Sabiendo que ya había puesto en marcha el plan de vender la maldita joya, Zahir hizo una mueca.

–Sí, lo sé, pero no lo creo. De hecho, hoy mismo

voy a reunirme con el emir de Kajistán para pedir la mano de su hija en matrimonio. Acaba de cumplir dieciocho años y es un buen partido...

–¿Vas a casarte con esa aburrida? ¡Te volverá loco en un par de horas!

–Será un matrimonio de conveniencia, de modo que no tendremos que estar juntos todo el día. Ella tendrá sus intereses y yo los míos.

–¿Y qué intereses serán esos? ¿Visitar el salón de belleza a todas horas con la esperanza de que encuentren algún elixir mágico que la haga bella? Yo creo en la magia, hermano, pero no creo que exista una tan poderosa como para eso. Sería como intentar convertir a un camello en princesa.

–¡Farida! –Zahir intentó mostrar su desaprobación por unas palabras tan poco amables, pero tuvo que girar la cabeza para que no lo viera sonreír–. ¿De verdad no quieres ir conmigo a la ciudad? Cuando termine mi reunión con el emir, me gustaría disfrutar de tu compañía.

–Lo siento, prefiero estar sola. Pero rezaré para que recuperes el sentido común y olvides ese matrimonio absurdo. ¿Nunca has querido enamorarte como nuestros padres, como nuestros antepasados... como yo?

El recuerdo de unos incandescentes ojos azules instigó un anhelo tan profundo dentro de él que tuvo que disimular volviendo a la fría realidad de su vida. La razón le decía que incluso pensar en ella era un camino amargo que solo llevaba a la desilusión.

Gina había desoído sus ruegos de que volviese a Kabuyadir y nunca más volvería a confiar en una mujer.

–Yo no soy masoquista, no quiero sufrir como he sufrido hasta ahora –respondió–. ¿Puedo traerte algo de la ciudad?

–No, gracias. Ve con cuidado y vuelve pronto a casa –respondió su hermana, antes de volverse para mirar de nuevo hacia el estanque.

Gina se había esforzado mucho por ser una de las investigadoras elegidas para ir a Kabuyadir a examinar la histórica joya que sus colegas y ella habían estado estudiando durante las últimas semanas y había ganado la batalla.

Pero volver al sitio donde había experimentado la mayor felicidad, sabiendo que había perdido para siempre la posibilidad de estar con el hombre al que amaba, era una espada de doble filo.

Mientras su colega, Jake Rivers, los llevaba al aeropuerto, miraba por la ventanilla del coche en silencio, pensando en el sitio en el que había perdido su corazón ante un apuesto y enigmático extraño; un extraño con el que había soñado casi cada noche durante los últimos tres años.

–Zahir –murmuró, preguntándose dónde estaría y qué estaría haciendo.

¿Se habría casado con alguna mujer de su país? ¿Habría tenido hijos con los que jugaría y de los que se sentiría orgulloso? ¿Pensaría en ella alguna vez o la habría apartado de sus pensamientos, como si hubiera sido un simple momento de locura, cuando desoyó sus ruegos de que volviese a Kabuyadir?

Gina se mordió los labios. Había querido que su padre se sintiera orgulloso de ella y respetar el recuerdo de su madre, pero al hacerlo había sacrificado su única posibilidad de encontrar la felicidad. No había vuelto a ver a Zahir desde esa noche y pensar que él pudiese odiarla le encogía el corazón.

–¿Qué has dicho?

Al darse cuenta de que había pronunciado el nombre de Zahir en voz alta, Gina intentó sonreír.

–Nada, estaba pensando en voz alta.

–No puedo creer que hayas estado en Kabuyadir. ¿Cómo es? –le preguntó Jake.

Cerrando los ojos un momento, Gina recordó el aroma del jazmín y el incienso, el sonido de ese idioma tan diferente al suyo, los vibrantes colores de los mercados, los fragantes perfumes en el jardín de los Hussein...

Pero sobre todo recordaba a Zahir; sus ojos de color chocolate que, con una sola mirada, habían sido capaces de robarle el corazón para siempre...

–No podría describirlo, no le haría justicia. Ya lo verás por ti mismo.

Jake sonrió.

–Muy bien. Por cierto, ¿cómo está el profesor Collins? ¿En qué está trabajando en este momento?

El tono admirativo de Jake al hablar de su padre la hizo sonreír. Era inevitable que su ambicioso colega sintiera curiosidad. De hecho, le había confesado desde el principio su admiración por la distinguida carrera de Jeremy Collins.

–No sé en qué está trabajando, pero últimamente no se encuentra bien. Por suerte, hemos contratado un ama de llaves que parece muy cariñosa, así que espero que se recupere poco a poco.

De repente, su padre se mostraba olvidadizo y frágil y le dolía imaginarlo esforzándose por hacer las tareas diarias, tan sencillas para la mayoría de la gente.

Por eso se alegraba tanto de haber encontrado a Lizzie Elridge, que parecía perfecta para él. Lizzie era una mujer en la cuarentena, madre de un chico de once años, con los pies en la tierra y tremendamente práctica además de amable. Su padre y ella parecían llevarse bien, de modo que estaba en buenas manos, pensó mientras salía del coche arrastrando su maleta hacia la entrada del aeropuerto.

–Estoy deseando ver la joya en carne y hueso, como si dijéramos –bromeó Jake–. El diamante central es increíble. El propietario debe de tener mucho dinero, así que no entiendo por qué quiere venderla.

–No creo que sea asunto nuestro –respondió Gina, arqueando una ceja–. Es un gran privilegio estudiar una joya que viene de la Persia del siglo VII.

–Me pregunto cómo será ese jeque de jeques, como lo conocen aquí. ¿Puedes creer que vayamos a alojarnos en su palacio en lugar de ir a un hotel lleno de moscas?

–Espero que no digas esas cosas cuando lleguemos a Kabuyadir. Podrían tomárselo como un insulto... que lo es.

–¿Siempre has sido tan buenecita? –bajo los cristales de sus gafas, los ojos pardos de su colega tenían un brillo especulativo–. ¿Nunca te has soltado el pelo?

Gina se ruborizó, a su pesar. Se había soltado el pelo una vez en Kabuyadir, pero entonces no le había parecido que estuviese haciendo algo malo. De hecho, le había parecido lo más natural del mundo porque era instintivo. Aunque otros pudieran verlo como un momento de locura, a ella no se lo parecía.

Y nunca había dejado de pensar en Zahir.

–No soy perfecta, Jake. Tengo mis defectos, como todo el mundo. Dejémoslo ahí.

Algunos momentos dejaban una impronta en el corazón que no se borraría nunca y estar frente al palacio del jeque Kazeem Khan fue uno de ellos.

Poniéndose la mano sobre los ojos a modo de pantalla para evitar un sol que hacía que las torres pareciesen de oro, Gina miró a Jake, que parecía tan maravillado como ella. Las palabras no eran necesarias.

Levantando la mirada de nuevo, Gina admiró la impresionante torre de vigilancia. Una vez, aquel palacio debía de haber sido un sitio aterrador, una impenetrable fortaleza. No era difícil imaginar cómo habría sido entonces porque, desde fuera, parecía como si el tiempo no hubiera pasado por el fabuloso alcázar.

Un joven delgado con ojos de color ámbar y vestido a la manera tradicional, con una chilaba y un turbante atado con un *agal*, una cuerda de colores, esperaba pacientemente mientras los dos europeos miraban maravillados un palacio que, sin duda, era algo que él veía todos los días.

Su nombre era Jamal y se enorgullecía de ser sirviente del jeque Kazeem Khan, el emir de Kabuyadir, les había ido cuando fue a buscarlos al aeropuerto. Luego, los había acompañado en el tranvía que recorría la montaña hasta la entrada de la capital de Kabuyadir, donde los esperaba el carruaje tirado por caballos que los había transportado hasta el palacio.

Gina estaba cansada y acalorada después del viaje y, sin embargo, tremendamente emocionada.

–No deben quedarse aquí con este calor. Deberíamos entrar... por aquí –Jamal señaló un pasillo de piedra–. Un sirviente los acompañará a sus habitaciones para que descansen un rato. Más tarde conocerán a Su Alteza.

El cansancio de Gina desapareció como por ensalmo cuando la llevaron a su habitación. Le había encantado la casita de adobe en la que vivía con los Hussein, pero aquella habitación parecía sacada de *Las mil y una noches*.

El suelo era de mármol blanco y las cortinas, de brocado de seda azul, protegían del sol los fabulosos muebles. Una alfombra persa tejida con hilos dorados al pie de la cama...

¡La cama!

Si Gina sintiera la inclinación de escribir poesía, compondría un soneto sobre esa cama. Era enorme, con patas en forma de garra de esfinge y un cabecero de intricada marquetería árabe por el que cualquier anticuario pagaría una fortuna. Y estaba prácticamente escondida bajo un mar de almohadones de seda y brocado en todos los colores y formas imaginables.

Tirándose encima como una colegiala, Gina suspiró de alegría.

¿Habría alguna posibilidad de ver a Zahir?, se preguntó. ¿Estaba loca por esperar que hubiese una reunión entre ellos?

Aquella mañana, antes de ir al aeropuerto, estuvo a punto de preguntarle a la señora Hussein si podía decirle quién era él y dónde vivía. Pero Clothilde parecía inusualmente preocupada y no le había parecido apropiado preguntar sobre el carismático invitado al que conocía solo como «Zahir».

Él se había marchado temprano, incluso antes de que ella se levantase para ir al aeropuerto. Su abrazo de despedida los había llenado de anhelo a los dos una vez más, pero Gina le había dado su número de teléfono y él había prometido llamarla al día siguiente.

Darle un beso de despedida, quedándose con el recuerdo de su aroma y un cosquilleo entre los muslos, fue lo más difícil que había hecho en toda su vida. Le había entregado su inocencia con la ferviente promesa de amarlo para siempre...

Decían que una mujer nunca olvidaba su primer amor, pero en su caso era su *único* amor. Por eso no podía olvidar los preciosos recuerdos de esa noche.

Pero eso era todo lo que tenía después de rechazar la invitación de Zahir de volver a Kabuyadir. En ese momento, mirando el hermoso palacio árabe, no podía creer que lo hubiera hecho. El dolor por la muerte de su madre y la preocupación por su padre debían de haberla hecho perder la cabeza.

La sorpresa y la incredulidad en la orgullosa voz de Zahir al recibir la noticia era algo que tampoco olvidaría nunca.

Volviendo la cabeza para apoyarla en los sedosos almohadones, sintió que sus ojos se llenaban de lágrimas mientras susurraba su nombre como una plegaria...

Farida por fin se había retirado a sus habitaciones y Zahir podía recibir a sus invitados ingleses. Su hermana se habría llevado un disgusto si supiera que pensaba vender El Corazón del Valor, la joya que, según tantos, poseía un profético poder sobre los matrimonios de la familia. Pero con el paso del tiempo, cuando Farida se hubiese recuperado un poco de su pena, podría convencerla de que venderla había sido lo mejor.

Los tres últimos años habían sido tumultuosos. Sus padres habían muerto uno detrás de otro y luego Azhar, el marido de Farida, había perdido la vida en un accidente en Dubai.

Lo único que su querida hermana necesitaba en ese momento era paz y tiempo para olvidar. La presencia de una herencia familiar que a él le parecía una maldición no la ayudaría a encontrar eso y para Zahir solo era un doloroso recordatorio de todo lo que había perdido... un recordatorio que parecía reírse de él.

Zahir había rechazado la profecía cuando la mujer de la que se había enamorado desoyó sus ruegos de que volviese con él.

El dinero que recibiera por la venta de la joya sería para Farida, decidió. Él no lo necesitaba.

En el palacio había muchas pruebas que demostraban la autenticidad de la joya, pero pensaba venderla en el extranjero y para eso necesitaba que esas pruebas fuesen corroboradas por especialistas independientes. La venta tendría lugar en una casa de subastas londinense de reputación impecable y sus dos invitados eran un historiador y su colega, una mujer especializada en el estudio de objetos y joyas antiguas.

Zahir no sabía sus nombres. Había dejado esos detalles a su ayudante y amigo personal, Masoud, que en aquel momento estaba enfermo, pero en la casa de subastas le habían asegurado que eran dos de sus mejores expertos.

Mientras esperaba a sus visitantes en uno de los salones del palacio, Zahir tenía una extraña premonición y sacudió la cabeza, impaciente, pensando que su hermana estaba contagiándole su creencia en los fenómenos paranormales.

Mientras levantaba la manga de la chilaba para mirar su reloj de oro, Jamal abrió la puerta del salón.

–Alteza –murmuró, haciendo una inclinación–. Le presento al doctor Rivers y su colega, la doctora Collins.

Zahir, que había dado un paso adelante para estrechar su mano, estuvo a punto de tropezar porque al lado del hombre había una mujer con una elegante trenza rubia, su esbelta figura envuelta en una larga túnica de color aguamarina. Pero era su hermoso rostro, y sus inolvidables ojos azules, lo que lo dejaba sin aliento.

Gina.

¿Estaría soñando?

No podía creerlo.

Todos lo miraban, esperando que dijese algo, pero le resultaba imposible pronunciar palabra.

Zahir estrechó la mano del hombre y luego la de Gina, que estaba helada. Parecía tan sorprendida como él y cuando sus miradas se encontraron fue como si todo lo demás desapareciera, como si estuvieran solos.

–Doctora Collins –la saludó, con voz ronca–. Es un honor conocerla.

–Lo mi...mismo digo –logró decir ella, con voz temblorosa.

Sabiendo que estaban siendo observados, Zahir soltó su mano y les hizo un gesto para que se sentasen en un diván.

–Deberíamos ponernos cómodos. Jamal, ya puedes servir el café.

–Ahora mismo, Alteza –el sirviente hizo una nueva inclinación antes de salir.

–¿Les han gustado sus habitaciones? –Zahir se dejó caer sobre uno de los divanes, haciéndoles un gesto con la mano para que hiciesen lo propio e intentando disimular que el corazón parecía a punto de salirse de su pecho.

Tendría que hacer uso de sus habilidades diplomáticas para lidiar con aquella situación, pero desearía estar a solas con ella para preguntarle cuál había sido la verdadera razón de su rechazo. ¿Habría otro hombre esperándola en Inglaterra? ¿Cuántas veces se había torturado a sí mismo pensando eso?

Demasiadas. Pero una cosa estaba clara: antes de que se marchase lo sabría todo.

–El palacio es asombroso y nuestras habitaciones mucho más que cómodas, gracias –respondió Jake Rivers.

¿Cuántos años tendría?, se preguntó Zahir. Había pensando que alguien experto en historia antigua sería mayor y más distinguido. Aunque Farida le diría que veía demasiadas películas donde los profesores ingleses eran siempre una caricatura de la realidad.

–Me alegro mucho. El palacio fue construido alrededor del siglo IX, durante la guerra entre Persia y el imperio bizantino. Para la gente de esta región siempre ha sido un símbolo de fuerza. Nos han ayudado a conservarlo y se enorgullecen de su belleza.

Sin poder evitarlo, los ojos de Zahir se clavaron en Gina. ¿En qué estaría pensando?, se preguntó. ¿Estaría sorprendida al descubrir su verdadera identidad? ¿Se habría arrepentido de haberlo rechazado? Se agarraría a un clavo ardiendo para salvar su orgullo herido.

–Usted es la experta en objetos antiguos, ¿verdad, doctora Collins?

La vio contener el aliento mientras ponía las manos sobre su regazo, como intentando recuperar la compostura.

–Antigüedades, joyas y artefactos antiguos, sí. Mi colega, el doctor Rivers, es el historiador, Alteza.

–Pero ella sabe de historia tanto como yo –se apresuró a decir Rivers, mirando a Gina con una sonrisa de complicidad.

Y él tuvo que apretar los puños, molesto por esa familiaridad.

–¿La doctora Collins es su ayudante?

–¿Mi ayudante? No, no, en absoluto. Ella es demasiado independiente como para ser ayudante de nadie.

–¿Ah, sí? –Zahir se inclinó hacia delante, clavando sus ojos en los ojos azules de Gina–. Qué interesante. Muy, muy interesante.

Capítulo 3

SI HUBIERAN estado con alguien que no fuera el jeque de Kabuyadir, Gina le habría dado a Jake un codazo en las costillas. Era un historiador brillante, pero no tenía mucho tacto.

Aunque no era Jake quien la interesaba. ¿Cómo iba a serlo? Era asombroso descubrir que Zahir era el apuesto jeque de Kabuyadir y el propietario de la histórica joya llamada El Corazón del Valor.

Nunca, ni en sueños hubiera imaginado que era él.

¿Por qué no le había dicho la verdad la noche que estuvieron juntos? O después, cuando volvió a Inglaterra. Había tenido oportunidad de decírselo cuando la llamó por teléfono. ¿Habría temido que estuviera más interesada en su posición y su dinero?

–El doctor Rivers y yo formamos un equipo, Alteza –Gina se puso colorada al llamarlo por su título porque le parecía tan irreal.

No podía dejar de mirar su rostro bronceado y el pelo negro como el ébano que le llegaba hasta los hombros. Iba vestido a la manera tradicional, aunque el material de su chilaba era sin duda mucho mejor que el que usaba la gente normal. Con sus anchos hombros y su aire de autoridad, Zahir era el gobernante de su país y verlo de nuevo era como recibir una bocanada de oxígeno, como si llevase tres años sin respirar del todo–. Y esperamos que combinar nuestra experiencia sea útil en la investigación –terminó, con una sonrisa forzada.

Zahir seguía mirándola sin decir nada y Gina rezó para que no pudiera ver el anhelo, el remordimiento y las esperanzas rotas reflejadas en sus ojos.

Afortunadamente, en ese momento Jamal volvió con una bandeja de bronce y el aire se llenó del aroma a café con cardamomo, una delicia gastronómica que Gina había disfrutado la primera vez que estuvo en Kabuyadir. Al lado de las tacitas con cenefa dorada y la cafetera conocida como *dallah* había un plato con dulces hechos de nueces y miel.

–Tenemos muchas cosas que decirle sobre El Corazón del Valor, Alteza –dijo Jake cuando Jamal los dejó solos.

–Cosas positivas, espero.

–Sin la menor duda. No todos los días tiene un historiador la oportunidad y el privilegio de estudiar una joya del imperio persa.

–¿Sus estudios sobre la historia de la joya han corroborado sus orígenes?

–Naturalmente.

–Me alegro. ¿También está usted contenta, doctora Collins?

–Por supuesto, es una oportunidad única para alguien en mi profesión. La clase de oportunidad con la que soñamos todos. Ver por fin la joya de cerca será algo que no olvidaré nunca.

–No vamos a verla ahora mismo. Han hecho un viaje muy largo y me gustaría que se relajasen y disfrutasen de la hospitalidad de mi palacio. Espero que el viaje no haya sido demasiado agotador.

–Gracias a su generosidad hemos viajado en primera clase, Alteza –respondió Jake–. El problema es que temo acostumbrarme.

–Llevan muchas semanas investigando la historia de mi joya y han venido de muy lejos para decirme lo que han descubierto. Encargarme de que estuvieran cómodos era lo mínimo que podía hacer.

–De nuevo, le damos las gracias –dijo Gina.

Una ola de calor la invadió cuando Zahir siguió mirándola a los ojos. ¿Cómo iba a soportarlo? ¿Cómo iba a estar con él cuando su posición impedía que mantuvieran una relación, aunque los dos lo desearan?

–Tendremos tiempo para hablar de la joya mañana, durante el desayuno. Por ahora, disfruten del café –Zahir volvió a mirar a Gina con expresión indescifrable–. En cualquier caso, me temo que no podré cenar con ustedes esta noche porque debo resolver un asunto urgente, pero Jamal los acompañará al comedor.

Gina disfrutó de un baño árabe y se perfumó con los exóticos aceites. Un largo e indolente baño era un placer que no se permitía a sí misma todos los días.

¿Cuándo había decidido que tenía que ganarse el derecho a darse una alegría? ¿Cuándo había decidido que el trabajo era lo primero, lo único en su vida? Pensando en sus padres, no tenía que ir muy lejos para encontrar una respuesta.

Pero culpar a sus padres era absurdo para una mujer de su edad que, además, llevaba años haciendo su propia vida.

Suspirando, se dio cuenta de que llevaba tanto tiempo en el agua que empezaba a enfriarse y tenía la piel de gallina. Salió de la bañera de mármol y se envolvió en una gruesa toalla que prácticamente se la tragaba.

La cena había sido imposible.

Lo único que podía hacer era mirar a Jake, que comía con glotonería los platos que habían preparado para ellos. ¿Cómo podía comer cuando ella tenía el estómago cerrado?

Después de despedirse, Zahir había salido del salón sin mirar atrás y durante la cena, sintiendo la mirada de Jamal clavada en su espalda, Gina había temido que su falta de apetito fuese una ofensa, de modo que fue un alivio escapar a su habitación.

Envolviéndose en un albornoz blanco que había encontrado tras la puerta del baño, volvió al dormitorio mientras deshacía su trenza y dejaba caer el pelo sobre sus hombros...

Dio un respingo al escuchar un golpecito en la puerta. Pero era más de medianoche y pensó que tal vez sería un sirviente para preguntar a qué hora bajaría a desayunar.

Abrochando el cinturón del albornoz, Gina abrió la puerta... y se encontró con la alta e imponente figura de Zahir.

Recortado contra la suave luz de las lámparas tenía aspecto de guerrero y sus ojos parecían arder con la intensidad de una llama.

–Te pido disculpas por venir tan tarde... como dije

antes, tenía que resolver un asunto urgente fuera del palacio y acabo de regresar.

Gina tragó saliva. No sabía qué decir y no la ayudaba nada estar temblando de pies a cabeza.

–No sé si...

–¿Puedo pasar un momento?

En silencio, ella le hizo un gesto para que entrase. Pero en seguida se arrepintió porque el brillo airado de sus ojos era aterrador.

–No sabía que tú fueras el jeque Kazeem Khan, el emir de Kabuyadir. Ha sido una sorpresa para mí –empezó a decir, nerviosa–. Pero me alegra que no me hayas olvidado.

–¿Creías que iba a olvidar esa noche? ¡Pues claro que no la he olvidado! –replicó él, furioso–. Pero descubrir que la experta en antigüedades que contraté en Londres eres tú no me ha llenado de alegría. ¿Cómo iba a alegrarme cuando me engañaste de ese modo?

–¿Engañarte, yo?

–Me enamoré de ti esa noche y pensé que tú sentías lo mismo. Contaba los días que faltaban para volver a verte y tú prometiste que volverías...

–Zahir...

–¿Qué crees que sentí cuando me dijiste que habías cambiado de opinión, que volver a Kabuyadir no era realista y preferías concentrarte en tu carrera? ¡Fue como si una bomba explotase en mi cara!

–No era solo que quisiera concentrarme en mi carrera, Zahir. Mi madre había muerto y mi padre me necesitaba. Entonces, Kabuyadir me parecía un sueño lejano.

Además, su padre le había pedido que se quedase

en Inglaterra y se concentrase en su carrera para honrar la memoria de su madre. Según él, era demasiado arriesgado vivir en Kabuyadir, en una cultura extraña, con un hombre al que apenas conocía. Y Gina se había dejado convencer, aunque eso significara negarse a sí misma el deseo de volver con Zahir.

«Me enamoré de ti esa noche».

Apenas podía creerlo, pero esa confesión dejaba claro que había cometido un error colosal al no volver con él.

–Pasara lo que pasara, está claro que no me considerabas lo bastante importante como para volver a Kabuyadir. Y, sabiendo eso, me pregunto por qué has vuelto ahora.

–El Corazón del Valor –respondió ella.

–De haber sabido que tú eras la experta en antigüedades, habría contratado a otra persona. Mi secretario, Masoud, se puso enfermo repentinamente y no pudo darme los detalles...

–¿Quieres que finja que no nos conocemos?

Él se dio la vuelta abruptamente, los bordes de su chilaba rozando las botas de cuero.

–Lo que quiero es... que hubieras desaparecido de la faz de la tierra. Entonces no tendría que lidiar con la posibilidad de que hayas elegido pasar el resto de tu vida con otro hombre.

Gina exhaló un suspiró.

–No hay otro hombre, Zahir, nunca lo ha habido.

Cuando él se volvió para mirarla, la frialdad que vio en sus ojos le encogió el corazón.

–Ya no importa. Es demasiado tarde.

Angustiada, Gina se abrazó a sí misma.

–¿Por qué no me dijiste quién eras? ¿Tienes idea de lo extraño que es volver a verte y descubrir que eres algo parecido a un rey?

–No gobernaba Kabuyadir cuando nos conocimos. Sabía que algún día heredaría el trono de mi padre porque fui entrenado para ello desde niño, pero entonces era solo Zahir. Y esa noche, en casa de los Hussein, también yo tenía el corazón roto. Mi madre había muerto un mes antes, pero al conocerte... al sentir lo que sentí empecé a creer que la vida podría volver a ser alegre y gozosa para mí.

–Zahir...

–Pero tú decidiste no volver conmigo –siguió él–. Unos días después de hablar contigo, la salud de mi padre se deterioró y murió poco después. Y a partir de ese momento, cualquier esperanza de felicidad murió para mí. A partir de entonces era el jeque de Kabuyadir y nada volvería a ser lo mismo.

El corazón de Gina se encogió de pena.

–¿Entonces llevas tres años gobernando tu país?

–Sí.

–¿Te has casado?

Esa pregunta le dejó un amargo sabor de boca, pero necesitaba saber la respuesta. Había mantenido la promesa que le hizo a su padre y durante los últimos tres años se había dedicado por completo al trabajo. No había habido otro hombre en su vida desde esa noche con Zahir e incluso había adquirido la reputación de frígida entre sus colegas. Y, por eso, pensar que él podría haberse casado, que amaba a otra mujer, le dolía en el alma.

–Todavía no.

–¿Por qué no?

Él cruzó los brazos sobre su impresionante torso.

–Un hombre en mi posición tiene el deber de buscar un matrimonio estratégico que sirva para formar alianzas. Y, lo creas o no, los reinos vecinos no están llenos de jóvenes solteras y disponibles, por eso aún no me he casado.

–¿Y la profecía? Según ella, todos los miembros de tu familia están destinados a casarse por amor.

Cuando descubrió la romántica historia, Gina imaginó que también el último propietario del famoso diamante se habría casado con la mujer de sus sueños. Pero sabiendo que el propietario era Zahir y que él no creía en la profecía...

–¡Esa joya es una maldición! Durante generaciones, mi familia ha caído bajo el hechizo de esa maldita leyenda, por eso quiero librarme de ella.

–¿Quieres venderla porque crees que es una maldición?

–Mis padres se casaron por amor y murieron demasiado jóvenes. El marido de mi hermana falleció en un accidente hace unos meses... ahora Farida pasea por el palacio como un alma en pena, sin comer o dormir, sin hablar con nadie más que conmigo o con los sirvientes. ¿De verdad crees que querría conservar la joya después de eso?

–Lo siento mucho, pero tú sabes que esa joya no tiene precio... ¿vas a privar a tus hijos, y a los de tu hermana si volviera a casarse, de una herencia familiar tan importante?

Zahir hizo un gesto de desdén.

–Te he contratado como experta en joyas antiguas,

no para que me des tu opinión sobre lo que debería hacer con ella.

Después de decir eso se dirigió a la puerta, temblando de rabia. Si esa rabia pudiera ser transformada en materia, Gina estaba segura de que saltarían chispas por la habitación.

Pero se daba cuenta de que, en realidad, estaba dolido. Dolido por la muerte de sus padres y por la pena de su hermana, además de la sorpresa de volver a verla después de que lo hubiera rechazado.

–Siento mucho haberte hecho daño. ¿Podrás perdonarme algún día?

Zahir se detuvo cuando iba a abrir la puerta. Sus ojos se habían oscurecido aún más, pero Gina vio una chispa dorada en ellos.

–No es fácil perdonar lo que me hiciste –respondió–. Ah, por cierto, te ruego que no menciones la joya cuando conozcas a mi hermana. Se disgustaría mucho si supiera que pienso venderla.

–Pero ¿qué le diré si me pregunta qué hago aquí?

–El palacio está lleno de libros y objetos antiguos. Puedes decirle que tu colega y tú estáis haciendo inventario.

–Lo haré porque tú me lo pides, pero no me gusta mentir.

Zahir se acercó a ella entonces, el aroma de su colonia de sándalo y agar, un aceite particularmente apreciado en la región, invadiendo turbadoramente su espacio.

–Cuando te vi por primera vez pensé que eras una joven inocente, incapaz de mentir o engañar. Lamentablemente, desde entonces he descubierto que eso no es cierto. Aparte de tu indudable belleza, no hay nada en ti que pudiera volver a interesarme, de modo que puedes decirme si ha habido algún otro hombre en tu vida.

–Ya te he dicho que no. No ha habido ningún otro –respondió ella, irguiendo los hombros–. Prefiero dedicar el tiempo a mi trabajo. A veces el resultado no es el que yo esperaba, pero al contrario que la mayoría de los hombres nunca me decepciona.

–¿Cuándo te decepcioné yo? ¿Cuando te llevé a la cama? Tengo una memoria fotográfica, *rohi*, y recuerdo muy bien cuánto disfrutaste entre mis brazos esa noche aunque nunca antes te había tocado un hombre. ¿Creías que no me había dado cuenta? Dime, ¿ha habido otro hombre en tu vida que te haya dado más placer que yo, que te haya hecho el amor con más pasión?

Gina sintió que le ardía la cara. Había dicho que ya no le interesaba, pero su tono furioso y posesivo le decía que no era cierto. Y su pulso se aceleró al pensar que aún había una oportunidad de hacer las paces con él.

–No ha habido otro hombre ni antes ni después de ti, de modo que nadie me ha hecho sentir lo que sentí contigo esa noche.

Zahir dio un paso atrás.

–Por ahora, aunque me resulta difícil, tendré que aceptar tu palabra. Buenas noches, doctora Collins. Nos veremos por la mañana.

Cuando salió de la habitación, Gina se quedó inmóvil, deseando que existiera algún hechizo para que Zahir la mirase de nuevo con cariño...

Zahir suspiró, irritado. Le dolían los ojos por falta de sueño y sentía el corazón pesado. Cuando consiguió dormir un poco, en su enorme cama con sábanas de seda negra, se había visto atormentado por imágenes de un ángel rubio con unos ojos más azules que el cielo del desierto. No parecía capaz de olvidar su perfume...

Frustrado, se vistió y bajó a su jardín privado, un santuario donde solo podía entrar su jardinero, para sentarse frente a la tienda beduina que él utilizaba como refugio en sus horas más tristes.

Se quitó las botas y el cinturón de cuero, encendió la hoguera y, sentándose con las piernas cruzadas, colocó la tradicional cafetera en el centro. El delicioso aroma del café árabe perfumó la noche y Zahir se pasó una mano por la cara, mirando a lo lejos.

Aparte de la luna y el tapiz de estrellas, la noche era negra como el océano, pero nunca le había parecido amenazadora. Muchas veces había bajado allí para disfrutar de la privacidad de su santuario y la noche siempre había calmado sus penas.

Mientras aventaba la hoguera con un palo observaba las chispas, que saltaban en el aire como pequeños fuegos artificiales.

Gina...

Ni siquiera podía quitarse su nombre de la cabeza y mucho menos su rostro. Verla con ese albornoz, el pelo dorado cayendo sobre los hombros... no sabía cómo había podido resistirse a la tentación. Ardía de deseos de tenerla en sus brazos de nuevo, tanto que su cuerpo vibraba solo por estar cerca de ella.

Durante los últimos tres años se había atormentado pensando que estaba con otro hombre. ¿Habría pensado que era un tonto por confiar en ella? ¿Por creer que podría amarlo para siempre?

Aquella noche, Gina le había entregado su inocencia y él había pensado que una parte de ella siempre sería suya...

Sabía que era virgen y eso había hecho que su encuentro fuera más sagrado y especial para él. Lamentablemente, solo para él.

En su caso, la profecía de El Corazón del Valor no era cierta, pensó Zahir amargamente. Por eso debía librarse de la maldita joya. No quería dejarse embaucar por la leyenda como su hermana.

Más tarde, mucho más tarde, se recostó sobre los almohadones de seda e intentó dormir, pero no pudo conciliar el sueño antes del amanecer.

Jake y Gina estaban desayunando en una terraza cubierta por un toldo. A lo lejos, el sonido de un laúd flotaba en el aire.

Estaban solos, aunque Jamal aparecía de vez en cuando para dar instrucciones a dos jóvenes criadas que servían platos con *khubuz*, el pan local, aceitunas negras, *labneh*, una crema de queso que parecía yogur, y aromático café árabe.

Gina abrió un recipiente de cristal con aceite de oliva para echarlo en una rebanada de pan, sintiendo que una gota de sudor corría por su espalda. El sol ya estaba alto en el cielo y la túnica dorada que llevaba era casi como un abrigo con esa temperatura.

Ella misma había pedido desayunar en la terraza para disfrutar del sol después del largo invierno inglés, pero ¿cómo podía encontrarse a gusto después de su charla con Zahir? Se había mostrado acusador y furioso, nada que ver con el hombre tierno que le había robado el corazón tres años antes. Le gustaría hacer las paces con él, pero ¿cómo?

Gina sonrió al ver que Jake se llevaba a la boca una generosa rebanada de pan cubierta con rodajas de pepino y tomates.

–Tienes buen apetito.

–Desde luego que sí. Tengo que comer mucho para que la materia gris siga funcionando –bromeó su colega, con una camisa hawaiana que habría quedado muy bien en cualquier playa, pero no pegaba nada en aquel palacio–. ¿Estás lista para presentarle al emir tus notas sobre la joya?

–Sí, claro.

Gina apretó los labios. La idea de sentarse con Zahir para hablar sobre la asombrosa joya era tan apetecible como correr sobre carbones encendidos. Nunca había estado tan nerviosa. Tal vez no debería tomarse como algo personal que Zahir no creyese en la leyenda por su culpa, pero así era.

Jamal apareció a su lado entonces.

–Su Alteza quiere verlos cuando hayan desayunado. Esperaré aquí para acompañarlos.

Gina intentó esbozar una sonrisa, aunque tenía el estómago encogido.

–Gracias –murmuró.

Haciendo una inclinación, Jamal dio un paso atrás y esperó, con las manos a la espalda.

Capítulo 4

EL DESPACHO del emir de Kabuyadir era enorme, casi tan grande como un salón de baile, con el suelo de mármol y exóticas lámparas octogonales colgando en los altos techos. En medio del despacho había un escritorio que debía medir tres metros, con varias sillas labradas a su alrededor.

Pero Zahir estaba sentado en una esquina, recostado sobre un círculo de almohadones de colores, con las piernas cruzadas y aparentemente perdido en sus pensamientos.

Cruzando su torso sobre la chilaba oscura llevaba lo que parecía una funda o cartuchera para una cimitarra o un cuchillo de caza, aunque estaba vacía.

La imagen de Zahir como un valiente guerrero había perseguido a Gina durantes esos tres años, el hermoso rostro que poblaba sus fantasías haciéndola sufrir al pensar en lo que había perdido.

Mientras se acercaban, Jake hizo una respetuosa inclinación y, bajo la atenta mirada de Jamal, Gina hizo lo mismo.

–Espero que hayan desayunado bien –dijo Zahir.

–Muy bien, gracias –respondió Jake.

–Bonita camisa, doctor Rivers. Muy... colorida.

–Me alegro de que le guste, Alteza.

–Siéntense, por favor.

Gina se sentó lo más lejos posible y, mientras abría la carpeta para sacar sus notas, vio un brillo de burla en los ojos de su anfitrión. A un metro de ella, Jake hizo lo propio.

–Empezaremos con usted, doctor Rivers. Dígame qué ha descubierto sobre la joya.

El informe de Jake fue seguido por una intensa discusión entre los dos hombres y Gina aprovechó la oportunidad para observar atentamente a Zahir, empezando por su voz. Era fuerte y masculina, pero modulada, como si se hubiera entrenado para esconder lo que estaba pensando.

De vez en cuando, Jake la miraba, nervioso y un poco abrumado, pero consiguió hacer un buen informe y cuando la discusión terminó, Zahir esbozó una sonrisa. Al menos, parecía contento por el informe.

Luego llegó el turno de Gina.

Zahir la miraba fijamente y se le ocurrió la absurda idea de que sus ojos tuvieran el poder del láser o el microscopio... siendo ella el objeto observado. Nerviosa, tuvo que aclararse la garganta, pero le devolvió la mirada, intentado contener los nervios. Al fin y al cabo era una experta en su campo, no una estudiante nerviosa frente a un profesor.

–Había pensado empezar por la fascinante leyenda que rodea a la joya.

¿De dónde había salido eso? No era lo primero que quería comentar y fue como si la temperatura hubiese bajado repentinamente en la habitación. La mirada de Zahir era tan fría como el hielo.

–Por el momento, yo prefiero hablar de los detalles verificables, doctora Collins. Las especulaciones sobre esa leyenda solo serán un estorbo. Lo importante es la procedencia y la historia de El Corazón del Valor.

–Como quiera, Alteza –consiguió decir ella, tan agitada que sus papeles resbalaron de la carpeta y tuvo que recogerlos a toda prisa.

–¿Se encuentra bien?

–Perfectamente –respondió Gina–. Muy bien, mis investigaciones sobre El Corazón del Valor demuestran que el diamante fue tallado en Persia...

Cuando terminó de hacer su exposición y Jamal apareció con una bandeja de fragante café, lo único que quería era ir a su habitación para echarse agua fría en la cara.

–Doctora Collins, ¿puedo hablar un momento en privado con usted? –preguntó Zahir.

–Sí, claro.

–Doctor Rivers, ¿le importaría tomar el café en la terraza? Jamal le enseñará el palacio cuando haya terminado.

–Gracias, Alteza. Estoy deseando verlo –respondió Jake.

Cuando la puerta se cerró tras ellos, Zahir empezó a pasear de un lado a otro, con las manos a la espalda.

–¿Por qué has intentando hacerme quedar como un tonto?

–¿Qué?

–Hablar sobre la leyenda de la joya...

–No tenía intención de hacerte quedar como un tonto, pero la leyenda es algo intrínseco a ese diamante.

–¿Por qué tiene que estar entre tus notas la maldita leyenda cuando te he dicho que no quiero saber nada de ella?

Los corazones siempre palpitaban fieramente en las novelas románticas y en aquel momento Gina entendía por qué.

–En mi investigación para verificar la autenticidad de la joya no podía pasar por alto algo que aparecía en todos los documentos, por irrelevante o inconveniente que pueda parecerle al cliente. Mi padre me enseñó a examinarlo todo al detalle y eso es lo que hago.

Zahir suspiró pesadamente.

–¿Tu padre?

–Mi padre es un conocido profesor de historia antigua.

–Ah, sí, el hombre por el que no volviste conmigo.

–Mi madre había muerto y él necesitaba mi apoyo.

El enfado de Zahir desapareció tan abruptamente como algunas tormentas en el desierto. ¿Cómo podía un hombre de sangre caliente ignorar la tentadora visión que tenía delante?

Especialmente cuando esa visión tenía unos ojos azules como los de Gina y unos labios en forma de arco que harían perder la cabeza a cualquiera.

–Cuando se trata del trabajo, mi padre no deja una piedra por remover –siguió ella–. Es muy exhaustivo.

–¿Ah, sí? –Zahir dio un paso adelante.

Antes de que Gina pudiera responder, él se apoderó de su boca. Su desesperación de volver a besarla hizo que el beso fuera torpe y duro al principio, pero después la apretó contra su torso para sentir las curvas femeninas y la besó seductoramente hasta que el calor de su cuerpo se convirtió en un infierno, hasta que deseó tener el poder de hacer que el resto del mundo desapareciera, olvidar los asuntos de Estado y la amenazadora insurgencia en las montañas para llevarla a su cama. Y cuando la tuviera en su cama la acariciaría hasta tenerla temblando de placer, hasta que llorase y jurase amarlo solo a él.

Cuando por fin se apartó para mirarla, jadeando, tuvo que sonreír al ver que a ella le pasaba lo mismo.

–Sabes mejor que nunca –musitó–. No había imaginado que nuestra primera reunión terminaría así, pero supongo que después de lo que ocurrió entre nosotros era inevitable.

–Suéltame, Zahir. No debemos...

–No hay nada que temer, este es mi palacio. Yo soy el gobernante de Kabuyadir y no es un deshonor que te vean conmigo.

–No me preocupa lo que piensen los demás, sino mi propia conducta. He venido aquí con un propósito profesional, para presentar los resultados de una investigación, no como una amiga personal. Además, estoy aquí con un colega.

–¿Te preocupa el doctor Rivers, con sus ridículas camisas de colores?

–Puede que Jake no tenga tu buen gusto, pero es un colega y podría disgustarse si supiera que nos conocemos.

Zahir murmuró una maldición... o algo que sonaba como una maldición en su idioma.

–¿Por qué iba a disgustarse? ¿Estás diciendo que tienes una aventura con él?

–¿Jake y yo? No, claro que no.

–¿Entonces por qué te preocupa tanto lo que piense?

–Por respeto.

Él la miró, desdeñoso, antes de acercarse al escritorio para abrir un cajón del que sacó un pequeño cuchillo con el mango labrado que colocó en la funda de su cinturón.

–Debo irme, de modo que tendremos que dejar esto por ahora.

–¿Dónde vas? ¿Y por qué necesitas llevar un cuchillo?

–Una banda de rebeldes está causando problemas en las montañas. Les hemos advertido muchas veces, pero siguen haciendo incursiones en los pueblos cercanos y he decidido hablar con ellos personalmente.

–¿Y no es peligroso? –exclamó Gina–. ¿Vas a ir solo?

Zahir esbozó una sonrisa al verla tan preocupada.

–No soy El Zorro. Por supuesto que no iré solo.

–De todas formas, por favor, ten cuidado.

–Hay demasiado en juego como para arriesgarme de manera innecesaria. Mi querida hermana, para empezar –replicó él, mostrándose distante y frío cuando sentía todo lo contrario.

Cada vez que estaba cerca de ella sentía que iba a explotar.

–Por supuesto –asintió Gina.

–Más tarde, cuando vuelva, hay otro tema del que me gustaría hablar contigo. Aunque sea tarde, espero que me recibas.

Ella irguió la barbilla, orgullosa y desafiante.

–¿Es una orden?

Su rebeldía sorprendió a Zahir y también lo excitó. Deseaba tocarla, tomarla en sus brazos y llevarla a sus aposentos. Sabiendo que no podía hacerlo porque había un destacamento de soldados esperándolo en el patio, se prometió a sí mismo que la vería más tarde...

–Sí –respondió, antes de pasar a su lado–. Lo es.

Inquieta al pensar que Zahir podría estar en peligro y ella no podía hacer nada, Gina hizo un esfuerzo por comer, pero no era capaz de probar bocado. A ese paso, volvería a Inglaterra como un saco de huesos.

Pero ¿cómo iba a comer cuando el miedo de no volver a verlo hacía que se le cerrase el estómago?

El incendiario beso que habían compartido unas horas antes le había recordado por qué era el único hombre en el mundo al que podría amar. La cálida presión de sus labios, la fiera invasión de su lengua, habían dejado una impronta imborrable en su corazón y deseaba que volviese a besarla. Lo deseaba con toda su alma.

Decidida a distraerse, le preguntó a Jamal si podía explorar los jardines del palacio y el joven se ofreció inmediatamente a escoltarla, pero Gina persistió en su deseo de ir sola.

A regañadientes, Jamal asintió por fin.

Había varios caminos, todos a la sombra de altos árboles, en los fabulosos jardines del palacio de Kabuyadir.

Gina percibió el aroma a jazmín, a azahar y heliotropo, entre otros, mientras escuchaba el canto de los pájaros. Mirase donde mirase había fuentes y estatuas de piedra, presumiblemente antepasados de la ilustre familia Kazeem Khan. Si no estuviera tan preocupada por Zahir, las habría investigado un poco más, pero en esas circunstancias era imposible.

Tan entusiasmada estaba por lo que veía que estuvo a punto de chocar con alguien... una mujer vestida con una túnica oscura, sentada en un banco frente al estanque del jardín. Era una chica joven de preciosos ojos castaños, con la expresión más triste que Gina había visto nunca.

–¿Quién eres? –le preguntó la joven, primero en su idioma y, al ver que no la entendía, en el suyo.

–Siento mucho haberte molestado. Soy la doctora Gina Collins y he venido para... hacer un inventario de los objetos del palacio –Gina se mordió los labios después de decirlo porque no tenía costumbre de mentir.

–Mi hermano no me ha dicho que tuviese intención de hacer inventario.

–¿Tu hermano?

–Soy Farida, la hermana del emir de Kabuyadir, aunque últimamente se porta como si fuera un extraño –después de decirlo, la joven dejó escapar un suspiro–. Me alegra ver a otra mujer en el palacio. ¿Eres inglesa?

–Sí, lo soy.

–Zahir y yo estudiamos allí, ¿lo sabías?

Gina negó con la cabeza.

–No, no lo sabía. ¿Dónde estudiasteis?

–En Oxford. Él estudió Política y Economía en

Pembroke College y yo Literatura e Idiomas Modernos en Lady Margaret Hall.

–Ah, entonces debéis de ser muy inteligentes. Mis notas no alcanzaban para estudiar en Oxford –dijo Gina.

–Zahir es muy inteligente, yo hago lo que puedo –bromeó Farida.

–¿Os gustó vivir allí?

–Es un sitio fascinante, con una historia y una arquitectura maravillosas. Lo que más me gustaba eran las bibliotecas y siempre podías encontrarme en alguna, pero todo eso cambió cuando conocí a Azhar...

De repente, Farida parecía estar muy lejos y Gina recordó que, según le había contado Zahir, había perdido a su marido en un accidente. Era tan joven, demasiado joven para ser viuda.

Sin pensar, se dejó caer sobre el banco, a su lado.

–¿Azhar era tu marido?

Ella asintió con la cabeza.

–Era el amor de mi vida y desde que murió estoy perdida, no sé qué hacer. No creo que tenga nada más que ofrecer... ni siquiera a mi hermano. Todo me parece inútil.

–Mi padre me contó que él había sentido lo mismo tras la muerte de mi madre. Su forma de soportar la tristeza era encerrarse en casa y enterrarse en el trabajo... aunque yo no sabía que la quisiera tanto hasta hace poco.

–¿No lo sabías?

–Su matrimonio siempre me había parecido un arreglo amistoso más que otra cosa. Los dos eran historiadores y siempre pensé que se llevaban bien, que tenían cosas en común más que estar enamorados, pero hace poco he descubierto que no era así.

Farida la observó en silencio durante unos segundos.

–Creo que el amor lo es todo, que ningún matrimonio puede sobrevivir sin él.

–Y yo creo que el amor verdadero nunca muere. Por eso, esté donde esté tu querido Azhar, seguro que sigue cuidando de ti. Y querría que fueras feliz...

–Ya no puedo ser feliz.

–Él querría que lo fueras.

–Gracias, Gina –dijo la joven, poniendo una mano en su brazo–. ¿Puedo llamarte así?

–Por supuesto.

–Has dicho algo que es muy importante para mí, algo que me ayudará a dormir por primera vez desde que Azhar falleció. ¿Hasta cuándo te quedarás en Kabuyadir?

–Pues... no lo sé. Depende del tiempo que tarde en hacer mi trabajo. He venido con un colega, el doctor Rivers.

–Espero que tardes mucho en hacer el inventario porque intuyo que he hecho una nueva amiga –dijo Farida.

Emocionada, tal vez porque sabía que ella sufriría del mismo modo si algo le ocurriese a Zahir, Gina tuvo que hacer un esfuerzo para contener las lágrimas.

–Lo mismo digo. Eres muy amable.

Unos golpecitos en la puerta sobresaltaron a Gina por la noche. Aunque no se había molestado en desvestirse porque sabía que Zahir iría a visitarla.

Pero no era Zahir quien estaba en la puerta, sino Jamal, con la frente cubierta de sudor, como si hubiera ido corriendo.

–Doctora Collins, Su Alteza quiere verla inmediatamente.

Sorprendida, Gina se sujetó al quicio de la puerta.

–¿Qué ha pasado? ¿Está herido?

–Venga –dijo Jamal, impaciente–. No haga preguntas, por favor.

Sin ponerse las bonitas babuchas que había dejado al pie de la cama, Gina lo siguió descalza por el corredor.

Capítulo 5

SIN FIJARSE apenas en el enorme dormitorio, Gina se concentró en el hombre de largo pelo oscuro recostado sobre un montón de almohadones en una cama hecha para un emperador. Pero su impresionante torso bronceado estaba cubierto en parte por una venda sobre las costillas. Un hombre con gafas y barba que debía de ser médico estaba atendiéndolo.

Gina contuvo un gemido al ver la mancha roja bajo la venda alrededor de su bíceps derecho. El médico estaba retirando una aguja hipodérmica del brazo de Zahir y los dos hombres se volvieron hacia la puerta.

–Doctora Collins, acérquese, no voy a morderla. No tengo energía para eso ahora mismo.

¿Cómo podía bromear en un momento como aquel?, se pregunto Gina mientras se acercaba a la cama.

–¿Qué ha ocurrido?

–Un líder rebelde decidió hacerse famoso matando al gobernante de Kabuyadir, eso es lo que ha pasado. Por suerte, la bala apenas me rozó. No se preocupe, doctora Collins, mi médico me ha asegurado que viviré.

Gina no podía entender que se tomase tan a la ligera algo tan importante.

–¿No tiene un guardaespaldas o alguien que...?

–Mi guardaespaldas recibió un balazo en la pierna y ahora mismo está en el hospital.

Zahir parecía más frustrado que nunca y, al ver un brillo de pesar y rabia en sus ojos, Gina deseó que Jamal y el médico se fueran para estar a solas con él. Pero entonces Zahir tiró de su mano posesivamente, sin preocuparle que nadie lo viera, y después de hablar un momento en su idioma, el médico se despidió haciendo una respetuosa inclinación.

–Puedes irte, Jamal. En unos minutos seguiré el consejo del doctor Saffar y trataré de dormir un poco. Asegúrate de que la noticia del incidente no llegue a oídos de mi hermana hasta que tenga la oportunidad de hablar con ella.

–Sí, Alteza.

Cuando estuvieron solos, Zahir se llevó su mano a los labios mientras Gina intentaba contener las lágrimas.

–No deberías arriesgarte de ese modo –murmuró, sin pensar que era el gobernante de un país. Para ella solo era Zahir, un hombre que le importaba más de lo que pudiera decirle.

–No me gusta hacerte llorar –dijo él, apartando el pelo de su cara–. Y te aseguro que no era así como pensaba pasar la noche contigo.

Gina levantó la mirada, sorprendida.

–¿Pasar la noche? ¿De qué estás hablando?

–¿De verdad no me has entendido?

–Ya te he dicho que estoy aquí como historiadora y que... –Gina no pudo seguir porque, de repente, la timidez la dejó sin habla.

Pero el hombre que estaba en la cama, con un pantalón de pijama de seda negro, no parecía tener el mismo problema.

Zahir la vio apartar la mirada de sus marcados abdominales y esbozó una licenciosa sonrisa.

–Eres la doctora Collins de día, pero ¿qué impide que pasemos la noche juntos? Sé que no eres inmune a mis atenciones, aunque intentes disimularlo.

–Y yo sé que estás herido y seguramente solo buscas algo de consuelo, pero no voy a meterme en la cama contigo solo porque... porque esté aquí o porque haya ocurrido antes.

Si pudiera perdonarla por no haber vuelto a Kabuyadir, pensaba Gina, angustiada. Si de verdad creyera en el amor que habían compartido esa noche, entonces nada impediría que se acostase con él. Pero ella sabía que Zahir no creía en la leyenda de El Corazón del Valor, que su rechazo lo había hecho aborrecer ese legado.

–Tengo que hacerte una proposición –dijo él entonces–. Por eso quería verte.

–¿Qué tipo de proposición?

–No voy a perder el tiempo fingiendo que no te deseo, así que iré directamente al grano: muchos hombres en mi posición tienen amantes. Yo no lo he hecho porque nunca había conocido a una mujer que me gustase lo suficiente... hasta que te conocí a ti. Me gustaría que te quedases en Kabuyadir, Gina. Si te quedases, no te faltaría nada, nunca. Cualquier cosa que quisieras y que yo pudiese darte sería tuya.

Gina no sabía si reír o llorar. Bajo el albornoz, su corazón latía dolorosamente. Alejándose de la cama, apartó un mechón de pelo de su cara.

–Imagino que debo tomarme tal oferta como un cumplido.

–Al menos estoy demostrando que no te rechazo como tú me rechazaste a mí. Estoy siendo sincero, sencillamente. Te deseo en mi cama de nuevo...

–El deseo es un pobre sustituto del cariño, Zahir.

No pronunciaría la palabra «amor» en su presencia, aún no. ¿Para qué iba a hacerlo cuando era evidente que quería vengarse por no haber vuelto a Kabuyadir tres años antes?

–¿El deseo no te parece suficiente?

–¿Crees que podría conformarme con eso porque tú piensas que estoy en deuda contigo? Además, no puedo quedarme aquí indefinidamente. Cuando te haya dado toda la información que tengo sobre la joya, y la haya visto por mí misma, tendré que volver a Inglaterra.

–¿Por qué?

–Tengo un trabajo, Zahir. Uno que he perseguido durante muchos años. Y también tengo un padre que no se encuentra bien y que está muy solo –respondió ella–. Me temo que tendrás que buscarte otra amante para el todopoderoso emir –le espetó, dirigiéndose a la puerta.

–¡Gina!

El grito de Zahir la detuvo y cuando se volvió, alarmada, vio que estaba intentando levantarse de la cama.

–¿Se puede saber qué haces? –exclamó, ayudándolo a tumbarse de nuevo–. Por favor, vuelve a la cama antes de que te hagas daño.

–¿Qué te importa a ti? –replicó él, dejando que lo ayudase a tumbarse de nuevo–. Te marcharás en cuanto puedas, sin importarte si vivo o muero.

–Eso no es verdad. Claro que me importa.

–¿Tú sabes el tormento que es para mí tenerte tan cerca, respirar tu perfume y no poder tocarte? Es una doble agonía que esto me haya ocurrido hoy. No solo estoy sexualmente frustrado, sino herido por una maldita bala. Esta noche me hará falta algo más que una pastilla para dormir.

Gina apartó el pelo de su frente.

–¿Por qué has tenido que ir tú personalmente? Podrías haber enviado a otra persona... al capitán de tu ejército, quizá. Alguien acostumbrado a lidiar con situaciones como esa.

–¿Crees que no soy capaz de lidiar con unos rebeldes?

–Yo no he dicho eso. No estoy cuestionando tu habilidad para combatir, Zahir. Desde luego, das miedo, pero me parece demasiado arriesgado hacerlo siendo el gobernante de Kabuyadir.

Zahir lanzó sobre ella una fiera mirada.

–¿Y cómo sabes tú lo que debo hacer? No soy solo una figura de cera que se sienta en el palacio para dar órdenes, soy un político y un diplomático. Y después de muchos meses de rebelión, de incursiones para asustar a los lugareños, tenía que demostrarles de una vez por todas que no voy a aceptarlo. ¿Quién mejor que yo para llevar ese mensaje?

–No te muevas, vas a reabrir tus heridas.

–Puedes irte, Gina –dijo él entonces, sin mirarla.

–¿Qué?

–Eres una distracción dolorosa y lo que necesito ahora mismo es paz y tranquilidad para recuperarme.

–Muy bien, como quieras.

Cuando iba a levantarse, Zahir tiró de ella para besarla, un beso ardiente y apasionado que casi le hizo daño.

–Ahora puedes irte.

Su mirada oscura hacía que las piernas le pesaran una tonelada y Gina salió de la suntuosa habitación sin saber cómo...

Decían que un oso era más peligroso cuando estaba herido y debía de ser cierto. A la mañana siguiente, mientras paseaba por su jardín privado pensando en sus heridas y en el rebelde que se las había infligido, Zahir tenía que hacer un esfuerzo para contener su furia.

Estaba dolorido, airado y capaz de ladrarle al primero que se le acercase. Afortunadamente, Jamal lo conocía bien y sabía cuándo debía alejarse prudentemente.

Pero recordar cómo había tratado a Gina la noche anterior...

Después de recibir una nueva visita del médico, Zahir debía acudir a una reunión con el consejo para hablar sobre los rebeldes, pero en aquel momento el asunto que más lo interesaba era Gina Collins. Le había ofrecido ser su amante, algo que muchas otras mujeres hubiesen aceptado, pero ella no.

Ella prefería volver a Inglaterra con su padre... otra vez.

Aunque debía admirarla por su lealtad filial, no podía evitar sentirse celoso por estar tan abajo en su lista de prioridades. Pero no la dejaría ir tan fácilmente. Tenía que encontrar la manera de hacer que se quedase en Kabuyadir.

Después de volver a verla cuando creía que había desaparecido de su vida para siempre no era capaz de olvidarla.

–¡Zahir!

Su hermana corría hacia él por el jardín y, cuando se echó en sus brazos, Zahir no pudo evitar un gemido de dolor.

–No podía creerlo... ¿por qué nadie me había dicho nada? No soy una niña, soy una mujer adulta y no voy a desmayarme al escuchar una mala noticia. ¿Por qué fuiste al cuartel general de los rebeldes solo con un grupo de guardias?

Otra mujer regañándolo por intentar resolver una situación que atemorizaba y hacía sufrir a su gente.

¿Las decisiones de su padre habrían sido cuestionadas de ese modo? No, estaba seguro que no había sido así.

–Tenía que ir personalmente. Su líder es un ególatra ansioso de poder, al frente de una banda de cretinos que se dedican a robar y asustar a los lugareños. Al ver que intentar razonar con ellos no servía de nada les advertí que irían todos a la cárcel, pero cuando nos dábamos la vuelta el líder sacó una pistola y empezó a disparar.

–¡Podría haberte matado!

–Sí, pero estoy vivo –Zahir se pasó una mano por los ojos–. Por favor, no temas por mí, hermana. No quiero que te eches a temblar cada vez que salgo del palacio.

–Pero te han disparado.

Al ver la preocupación en los ojos de Farida, Zahir intentó sonreír.

–No ha sido nada, un pequeño inconveniente más que otra cosa.

–¿Qué quieres decir?

–Que seguramente no podré estar tan activo como me gustaría durante unos cuantos días –respondió él, pensando en Gina.

–¿Y el hombre que te disparó? ¿Qué ha sido de él?

–Ahora mismo languidece en prisión, como no podía ser de otra manera.

–¿Crees que sus hombres intentarán vengarse?

–Si se atreven, lo pagarán muy caro.

Pero mientras lo decía, Zahir tenía dudas. ¿Habría cometido un error al intentar hablar con los rebeldes personalmente? Pero no era el momento de pensar en ello con Farida tan disgustada, decidió, pasándole un brazo por los hombros.

–Este palacio es una fortaleza que ha aguantado el paso del tiempo. Nadie puede llegar hasta aquí. Estarían locos si lo intentasen –le dijo–. Pero dejemos eso, hablemos de cosas más agradables.

–Muy bien –asintió ella.

–¿Qué piensas hacer hoy?

–Espero pasar un rato con Gina Collins.

Zahir se detuvo de golpe.

–¿Conoces a la doctora Collins?

–Sí, la conocí ayer. Y dijo algo maravilloso sobre Azhar que me consoló mucho. No tengo muchas amigas de mi edad, así que me alegra que Gina vaya a estar en el palacio durante un tiempo.

–También yo me alegro.

–Tal vez yo podría ayudarla a hacer el inventario de los objetos antiguos del palacio. ¿Qué te parece?

Zahir estaba tan sorprendido que tardó unos segundos en entender la pregunta. Era la primera vez que Farida mostraba interés por algo desde que quedó viuda y, si Gina ejercía ese efecto en ella, ¿qué otros milagros podría conseguir con su presencia?

–Seguro que a ella le gustaría. ¿Sabes dónde está?

–Iba a buscarla ahora mismo.

–¿Por qué no te quedas aquí un rato? Cuando haya hablado de esa sugerencia tuya con la doctora Collins le diré a Jamal que venga a buscarte.

–Gina es muy guapa, ¿verdad?

Más bella que ninguna otra, pensó Zahir. Pero no pensaba decirlo. No quería que Farida supiera de su interés por ella.

–Sí, lo es –respondió, esbozando una sonrisa–. Y muy inteligente.

Después de eso se dio la vuelta para no seguir haciendo una lista de todas las virtudes de Gina Collins.

Cuando volvió a su habitación por la noche, Gina sabía que no sería capaz de conciliar el sueño. Después de su inesperado encuentro con el hombre que podía hacer palpitar su corazón como ningún otro, encontrarlo herido había sido desolador. Y luego, al ver que se ponía tan furioso cuando rechazó la oferta de convertirse en su amante, el mundo se le había venido encima.

La sorprendía que tuviese tan poca preocupación por su seguridad. ¿Cómo podía haber ido a una región controlada por rebeldes? ¿No se daba cuenta del peligro que había corrido... de que podría haber dejado a su hermana sola en el mundo?

Pero también estaba dolida porque solo parecía interesado en su cuerpo. Había imaginado que Zahir sentía algo por ella, pero...

¿Los sentimientos que había declarado cuando se encontraron en el jardín de los Hussein, la noche que le entregó su más preciado regalo, serían falsos? ¿No había significado nada para él?

Apenas comió durante el desayuno y su evidente falta de apetito sorprendió a Jake.

–¿No te encuentras bien? Tienes ojeras y apenas has tocado la comida.

–Estoy bien –murmuró ella–. Solo un poco cansada.

–Es por el calor, pero se te pasará.

Cuando Jake volvió a su habitación, Gina llamó a Jamal para preguntarle cómo se encontraba Zahir. El taciturno sirviente le respondió que Su Alteza estaba cómodo y se había levantado de la cama, pero que tal vez no lo verían en todo el día porque el médico le había ordenado descansar.

Entristecida, le preguntó si podía usar la biblioteca del palacio y Jamal, a quien habían indicado que debía ayudar en todo lo posible, no puso ninguna pega. Si se preguntaba por qué el emir la había llamado a sus aposentos la noche anterior, no dijo una palabra.

Las bibliotecas siempre habían sido para Gina un lugar consolador. Cuando era niña, a menudo se refugiaba allí cuando la vida le parecía demasiado dura y no se sentía querida. Los libros eran sus amigos, compañeros constantes que nunca la decepcionaban.

Pero la biblioteca del palacio de Kabuyadir la dejó sin aliento. Era un santuario para la palabra escrita que solo la imaginación más exuberante podría conjurar. Gina miró las interminables filas de estanterías, que contenían libros antiguos y modernos, prácticamente llegando hasta el cielo...

Entre las estanterías había suntuosos sofás y sillones en los que un podía relajarse mientras leía el libro que hubiese elegido. El ambiente era el de una catedral, con un techo a dos alturas y el suelo de granito y mosaico.

Gina había ido allí con un plan: estudiar la historia de la familia de Zahir. Debía haber cientos de libros de historia sobre la región con crónicas de la dinastía Khan y, con un poco de suerte, encontraría también viejos diarios familiares. Quería encontrar toda la información posible sobre la relación de la familia Khan con el famoso diamante, pero debía ser discreta.

Si Zahir descubría lo que estaba haciendo, podría ponerla en el primer avión de vuelta a Inglaterra y prohibirle volver a Kabuyadir.

–Ah, ahí estás.

Inmersa en las páginas de un libro fascinante, Gina se dio la vuelta, sorprendida, al escuchar la voz de Zahir.

Tan imponente como siempre con su chilaba oscura y su ancho cinturón de cuero, el pelo como una cortina de terciopelo negro cayendo hasta los hombros. Pero enseguida se dio cuenta de que tenía la frente cubierta de sudor... debía de estar sufriendo, pero intentaba disimular.

–¿Qué haces levantado? ¿No deberías estar en la cama? –le preguntó, apretando el libro contra su pecho.

–He estado tomando el aire en el jardín. No puedo estar metido en la cama veinticuatro horas al día solo por un par de heridas sin importancia –respondió él–. Jamal me dijo que te encontraría aquí. ¿Qué te parece mi biblioteca?

–Es magnífica. Una persona podría pasarse aquí una vida entera y no tendría tiempo para leer ni una cuarta parte de los libros que posees.

El comentario lo hizo sonreír.

–Desde luego.

–¿Te duele? –le preguntó Gina entonces.

–La verdad es que me duele el orgullo más que nada.

–¿Por qué?

–Porque... –Zahir pareció pensarlo mejor antes de responder–. ¿Qué tienes ahí?

–Es un libro sobre el imperio bizantino –Gina no pudo evitar ponerse colorada.

–Ah, una lectura ligera –bromeó él.

Su corazón se derritió al verlo de tan buen humor, como el Zahir al que había conocido tres años atrás.

–Me alegra que estés más alegre.

–Siento mucho haberte tratado como lo hice anoche. Mi comportamiento fue imperdonable –dijo él entonces, levantando su barbilla con un dedo.

–Estabas herido y furioso, así que no te lo tendré en cuenta. Pero ahora mismo deberías estar descansando.

Gina contuvo el aliento cuando empezó a acariciar su cara con la yema de los dedos.

–¿Podría reprocharme alguien que te desee tanto? –murmuró él. Y su voz, normalmente tan autoritaria, sonaba notablemente intranquila.

Capítulo 6

EL HECHIZO era tan profundo, tan intenso, que era como si el resto del mundo hubiese dejado de existir. No había barreras, solo Zahir y ella, suspendidos en el tiempo y el espacio, en un maravilloso universo donde los papeles que asumían en la vida, una experta en antigüedades y un emir, habían dejado de importar. Lo único que quedaba eran dos almas reconociéndose la una a la otra.

Gina cerró los ojos, todas las células de su cuerpo vibrando de anticipación mientras esperaba el beso que estaba a punto de llegar...

Era como si todo en la vida de Zahir hubiera estado al borde del desastre durante mucho tiempo, pero mientras estudiaba las bellas facciones de Gina pensó que había una cosa que lo hacía sentir bien. Y después de hablar con su hermana incluso albergaba esperanzas.

Deseaba a aquella mujer más que a ninguna otra y apenas podía pensar en otra cosa que no fuese perderse en ella. Su deseo sobrepasaba todo lo demás, incluso el dolor de sus heridas.

Pero entonces vio una ligera abrasión en su labio inferior y de inmediato recordó el beso de la noche anterior...

–¿Yo te he hecho eso? –murmuró, acariciando el labio con la yema del pulgar.

–Sé que no era tu intención hacerme daño. No tiene importancia.

–Quería hacerte pagar por la frustración que sentía y eso no es lo que hace un hombre honorable –replicó él, apartándose–. Mil disculpas, doctora Collins... le aseguro que no volverá a ocurrir.

Zahir se obligó a sí mismo a apartarse en todos los sentidos: física, psicológica, mentalmente. Era una agonía, pero sabía que tenía que hacerlo.

Ella lo miró, desconcertada.

–No es nada. No me hiciste daño, de verdad.

–De todas formas... –Zahir pensaba que no merecía su perdón. Había actuado como un arrogante y un loco–. He venido a buscarte para pedirte algo que significa mucho para mí.

–¿De qué se trata?

–Sé por Farida que os habéis conocido y parece que a mi hermana le has caído muy bien. Es la primera vez desde que murió su marido que muestra interés por algo, de modo que me gustaría animarla. Quiere que te pregunte si podría ayudarte con el inventario... sé que no te he pedido oficialmente que lo hagas, pero te lo pido ahora. ¿Lo harás?

Gina pasó las manos por el pantalón de color marfil con túnica a juego, como intentando entender el repentino cambio de tema.

–Debe de haber incontables objetos antiguos en el palacio. Un proyecto como ese duraría meses... ¿y mi trabajo en la casa de subastas?

–Sin la menor duda, para tus jefes será un honor que una de sus empleadas haya recibido el encargo de hacer un inventario del palacio de Kabuyadir. Y, si estás de acuerdo, te aseguro que la remuneración será más que generosa.

–No es una cuestión de dinero –protestó Gina–. ¿Y Jake? Quiero decir, el doctor Rivers. ¿También quieres contratarlo a él?

Zahir hizo un gesto de irritación.

–Tú eres la experta en antigüedades, ¿no?

–Sí, es cierto. Pero tú sabes que mi padre no se encuentra bien. No puedo desaparecer durante meses...

Airado al ver que mostraba tanta consideración por su padre y no por él, Zahir tuvo que apretar los dientes. Decirlo en voz alta sería indigno del emir de Kabuyadir.

–Puedes llamarlo por teléfono cuando quieras. Y, si necesita una enfermera, yo me encargaré de que la tenga. En cuanto a Farida, ¿dejarás que te ayude?

Gina se encogió de hombros.

–Si decido encargarme del inventario, su ayuda me vendría bien. Su conocimiento de los tesoros familiares debe de ser considerable si ha vivido aquí toda su vida.

–¿Entonces aceptas?

Zahir apenas podía contener su impaciencia mientras esperaba una respuesta. El entusiasmo de su hermana por Gina le había dado una razón más para retenerla allí y se negaba a admitir que su proposición pudiera ser rechazada.

Ella lo miró, sus ojos azules llenos de dudas, pero al final asintió con la cabeza.

–Para alguien en mi profesión es una gran oportunidad y un privilegio, de modo que acepto.

–*Inshallah*... llamaré a la casa de subastas para darles la noticia.

–¿Y qué pasará con El Corazón del Valor?

–Con respecto a eso, todo seguirá su curso. Cuando me haya recuperado un poco hablaremos de tus descubrimientos sobre la joya, pero ahora debo descansar. Mi médico se enfadará cuando descubra que no estoy en la cama.

Zahir se dio la vuelta bruscamente, haciendo una mueca de dolor al sentir como si clavaran un cuchillo en sus costillas...

Gina se animó al ver la sonrisa de Farida Khan. Ser su ayudante le daría un propósito en la vida, le había confesado, y saber que estaba ayudando a su hermano sería doblemente satisfactorio para ella.

Las dos mujeres se encontraron en la biblioteca y, después de hablar sobre cómo proceder para hacer el inventario, Farida desapareció para buscar las llaves de los estantes cerrados. Luego la llevó de habitación en habitación, piso por piso, mostrándole algunos de los tesoros más preciados del palacio... posesiones que normalmente solo eran vistas por la familia y los amigos más cercanos.

Aquella era una visita preliminar ya que el trabajo de catalogar todos los objetos empezaría al día siguiente, pero Gina estaba tan abrumada por lo que veía que no era capaz de decir una palabra. Ella ya sabía lo opulento que era el interior del palacio, pero cada habitación parecía superar a la anterior. Los tesoros de la cueva de Aladino no podrían compararse con el palacio del emir de Kabuyadir.

Zahir...

Gina no podía dejar de pensar en él y cada vez que recordaba sus heridas hacía una mueca de pesar. Era una tortura imaginarlo sufriendo...

Había estado a punto de ponerse a llorar cuando Zahir no la besó como esperaba, pero la conmovía que se hubiera disculpado por su brusquedad de la noche anterior y la hacía albergar esperanzas. No quería que olvidase la extraordinaria conexión que había habido entre ellos tres años antes; un lazo que era mucho más que deseo físico...

Cuando Jamal le dijo que Jake había ido a visitar la parte vieja de la ciudad esa noche, Gina cenó con Farida. Pero las dos estaban cansadas, de modo que se retiraron temprano a sus aposentos.

Después de comprobar sus notas y darse un baño, Gina se metió en la cama y llamó a su padre. Solo había tres horas de diferencia entre los dos países, de modo que aún estaría levantado, trabajando en su estudio seguramente.

–¿Dígame?

–Papá, soy Gina.

–¡Hija, qué sorpresa! ¿Qué tal en Kabuyadir? ¿Sigue teniendo la misma magia que la última vez?

Un poco sorprendida, Gina sonrió.

–Sí, claro que sí. Tanto que he aceptado quedarme más tiempo del que había planeado. El emir me ha ofrecido catalogar los artefactos del palacio, además de presentarle mi investigación sobre El Corazón del Valor.

–Ah, entonces debes de haberlo impresionado y eso es tan bueno tanto para ti personalmente como para la casa de subastas.

–Él también parece creerlo.

–¿Cómo es el emir?

Gina intentó encontrar las palabras adecuadas, pero no podía dejar de imaginarlo sufriendo. ¿Estaría descansando como le había prometido? ¿Se habrían infectado sus heridas?

–La verdad es que ya lo conocía, papá –le confesó–. Él es el hombre del que te hablé hace tres años... aunque entonces yo no lo sabía. Es el hombre con el que quería volver antes de la muerte de mamá.

Al otro lado del hilo se hizo el silencio.

–¿Papá?

–Vaya, vaya, vaya –dijo su padre al fin. Y Gina podía imaginarlo pasándose una mano por la mandíbula y sacudiendo la cabeza–. ¿Sigues enamorada de él, hija?

–Sí, mucho –respondió ella, sin dudarlo–. Pero Zahir sigue enfadado conmigo porque no volví a Kabuyadir y no creo que vuelva a confiar en mí.

–Pero te ha pedido que te quedes para catalogar los objetos antiguos del palacio, ¿no? A mí me parece que sí confía en ti.

–No lo sé, tendré que esperar para ver si eso es cierto.

–Fue muy egoísta por mi parte pedirte que te quedaras, Gina. Estaba desolado por la muerte de tu madre y el futuro sin ella me parecía tan incierto entonces. Quería que hicieses carrera en el mundo del arte, pero me aproveché de tu innata bondad para retenerte en casa...

–Papá, no...

–Temía perderte, hija. Temía que te fueras a miles de kilómetros de aquí y te olvidases de mí, pero sé que hice mal y necesito que me perdones.

Gina tragó saliva.

–No hay nada que perdonar, papá. Tú me necesitabas y yo decidí quedarme, eso es todo.

–Eres muy generosa.

–Tal vez tenía que ser así. En fin, ¿cómo estás? ¿Te importa que me quede aquí unos meses?

–¿Importarme? –su padre parecía sorprendido–. ¡Por supuesto que no me importa! Es una gran oportunidad para hacerte un nombre en tu profesión. Pero, si decides que Zahir es lo que quieres, también tienes mi bendición.

Sus palabras la sorprendieron. Definitivamente, su padre estaba cambiando.

–Gracias –murmuró–. Por cierto, ¿qué tal con tu nueva ama de llaves?

–Si quieres que te diga la verdad, Lizzie es un regalo del cielo. No solo es una cocinera maravillosa, además la historia es una de sus pasiones. Es una mujer muy inteligente y una buena madre para su hijo que, por cierto, es una eminencia en informática y me ha arreglado el ordenador.

–¿En serio?

–Nos llevamos muy bien, así que no tienes que preocuparte. Llámame de cuando en cuando para contarme cómo va todo, ¿de acuerdo? Y no dudes en llamar si necesitas algo, cualquier cosa.

A Gina se le hizo un nudo en la garganta. Después de tantos años pensando que su padre no tenía el menor interés por ella, era abrumador que la tratase con tanto cariño, especialmente estando tan lejos y sabiendo que podría tardar algún tiempo en volver a verlo.

–Lo haré, papá.

–Entonces adiós, cielo. Llámame dentro de unos días.

Atraído hacia el balcón por la gran bola dorada en el cielo, Zahir sintió un escalofrío. Admirar una puesta de sol siempre lo hacía sentir que era parte de mucho más que las cosas cotidianas que veían sus ojos todos los días. Parte de algo importante, infinito.

Pero cuando el sol se escondió y el dolor en el costado lo devolvió a asuntos más terrenales, la frustración que sintió al verse confinado en su habitación se convirtió en ira.

Anhelaba libertad y espacios abiertos, soñaba con galopar sobre la arena del desierto en su hermoso semental árabe, con el cálido viento en la cara y el sol a la espalda... necesitaba olvidar que era el gobernante de Kabuyadir por un momento.

Pero en ese sueño había una mujer sentada delante de él sobre la grupa del caballo, la mujer que durante los últimos tres años había aparecido en sus sueños, la mujer que, por un increíble giro del destino, estaba ahora en su palacio.

No había descartado la idea de convertir a Gina en su amante y al día siguiente continuaría con su campaña para persuadirla. Debía hacerle ver que era la solución más racional a la atracción que había entre ellos; una atracción que aumentaba cada vez que estaban cerca.

Si se convertía en su amante, no tendría que arriesgar su corazón como había hecho tres años antes, se decía a sí mismo. Serían amantes, pero solo cuando estuvieran juntos en la cama. El anhelo de que ese momento llegase pronto lo hizo exhalar un largo suspiro.

–¡Jamal!

–¿Sí, Alteza? –el leal sirviente apareció de inmediato.

–Voy abajo, al *hammam*. Después de mi baño, quiero el masaje habitual y luego necesitaré que el médico me cambie las vendas.

–Muy bien, Alteza.

Gina despertó poco después del amanecer, cuando el sol empezaba a asomar en el horizonte, y después de lavarse y vestirse fue a la biblioteca. Había prometido ver a Farida después del desayuno para empezar con el inventario, pero por el momento la mañana era suya.

Mirando las estanterías con ojo de experta, sacó cuatro gruesos volúmenes y los llevó a una mesa bajo las ventanas. Al escuchar el canto del almuédano llamando a la oración, Gina cerró los ojos un momento...

Las lámparas de estilo marroquí seguían encendidas y, aunque el sol entraba a raudales por los ventanales, su luz ayudaba a iluminar la enorme sala.

Gina abrió el primero de los tomos y encontró varias referencias interesantes a la dinastía Khan. Su lectura la tuvo concentrada durante largo rato y, por fin, percatándose de la hora que era, devolvió los libros a la estantería y corrió por el laberinto de pasillos hacia la terraza, donde Jake ya estaba desayunando.

–Buenos días, Gina. He oído que ayer estuviste con la hermana del emir. ¿Cómo es? ¿Su aspecto es tan imponente como el de su hermano o a ella le ha tocado la peor parte?

–Jake, por favor, ¿dónde están tus maneras? ¿Y si Jamal te oyese? –Gina miró alrededor para ver si el hombre estaba cerca. Afortunadamente, solo vio a las dos chicas que les servían el desayuno y que no hablaban su idioma.

Su colega se limitó a sonreír.

–Es natural que sienta curiosidad. Dicen por ahí que enviudó y no volverá a casarse, algo que ver con la profecía que te tiene tan fascinada. Por lo visto, estaba locamente enamorada de su marido y no le entregará su corazón a otro hombre.

Al recordar la profecía, el corazón de Gina pareció dar un vuelco dentro de su pecho. Era tan fácil para ella entender a Farida. Si no podía estar con Zahir, probablemente también ella viviría sola el resto de su vida...

–Me parece una estupidez, ¿no crees?

–¿Qué?

–Creo que este palacio te está hipnotizando –Jake soltó una carcajada–. No me escuchas y siempre tienes esa expresión ausente, como si estuvieras a kilómetros de aquí.

Gina se sirvió una rebanada de pan con aceite de

oliva. Tarde o temprano tendría que decirle que Zahir le había ofrecido hacer el inventario del palacio... pero aún no. Quería dejar que completase su investigación sobre El Corazón del Valor. Cuando estuviese terminado, se lo diría.

Jake era tan ambicioso que podría molestarse al saber que Zahir le había pedido a ella que hiciese el inventario y no quería poner en peligro la investigación para la que los habían contratado...

–Estar aquí es como estar en otro mundo, ¿verdad?

–Desde luego.

–Por cierto, corre el rumor de que el emir recibió un disparo de unos rebeldes cuando intentaba llegar a un acuerdo pacífico con ellos. No lo mataron, evidentemente, pero resultó herido. Y ayer no lo vi... ¿tú crees que el rumor es cierto?

Gina intentó disimular su agitación.

–No creo que debamos especular sobre ese tipo de rumores. Si son ciertos, espero que el pobre hombre esté recuperándose.

–Me molestaría no poder terminar con la presentación. Los dos hemos trabajado mucho estos últimos meses y no me gustaría que todo fuese para nada.

Por fin, Gina perdió la paciencia y se levantó, fulminando con la mirada al hombre que llevaba otra inapropiada camisa esa mañana.

–¿Es que nunca piensas en nadie más que en ti mismo? El emir ha pagado por este viaje, en el palacio nos cuidan como si estuviéramos en un hotel de cinco estrellas y hemos recibido un generoso adelanto por nuestros estudios sobre El Corazón del Valor. Yo creo que eso es algo más que «nada», ¿no te parece?

Tirando la servilleta sobre la mesa, Gina volvió al interior del palacio, dejando a Jake y a las dos jóvenes sirvientas mirándola como si fuese de otro planeta.

A oídos de Zahir llegaron unas risas femeninas. Con el ceño fruncido, se acercó a la terraza y vio a dos mujeres sentadas frente a una mesa del jardín, bajo una parra que las protegía del sol.

Una llevaba la tradicional túnica negra de las viudas y la otra un traje pantalón de color coral y un incongruente sombrero de paja que lo hizo sonreír.

Ver a su hermana riendo con Gina fue una revelación. Rara vez un sonido o una imagen le habían proporcionado tanta felicidad y, sin pensar, se acercó a la mesa.

–Empezaba a temer que nunca volvería a oírte reír, hermana.

–Debo darle las gracias a Gina. ¿Ves lo buena que es para mí? No solo es inteligente y amable, también tiene un estupendo sentido del humor.

–¿Ah, sí? –Zahir miró a la mujer que estaba sentada al lado de Farida. Sus ojos azules habían estado llenos de humor unos segundos antes, pero de repente habían vuelto a ser serios. No sabía por qué y le molestaba.

–Buenas tardes, Alteza –murmuró.

–Tiene usted buen aspecto, doctora Collins. Como una rosa inglesa plantada en el desierto.

–Tal rosa probablemente no sobreviviría al calor.

–Si fuese cuidada por un jardinero experto, no tengo la menor duda de que sobreviviría –sin preocuparle que su hermana estuviera mirando, Zahir pareció caer en un trance que solo se rompió cuando Gina recogió unos papeles que había sobre la mesa–. En fin, os dejo. Disculpad si os he molestado –murmuró, alejándose abruptamente, sus pasos resonando sobre la gravilla del camino.

Farida se volvió hacia ella, con expresión interrogante.

–Mi hermano no parece él mismo esta mañana. Quizá no haya dormido esta noche por las heridas... ¿sabes que resultó herido en una escaramuza con los rebeldes?

–Sí, he oído algo.

Bajando la mirada, Gina intentó concentrarse en sus notas, pero lo único que veía era el turbador brillo de los ojos de Zahir, que la hacía apretar los muslos bajo el vestido. Sin poder evitarlo, recordó la noche que le entregó su virginidad... la erótica electricidad de sus cuerpos tan poderosa que cuando la penetró no sintió dolor alguno. Su unión había sido tan perfecta que casi se convenció de que aquel encuentro estaba escrito en las estrellas.

–Tu hermano... el emir –se corrigió Gina a sí misma rápidamente–, es un hombre muy fuerte y, sin ninguna duda, se recuperará.

Farida se encogió de hombros.

–Eso es lo que me digo a mí misma. Pero, por fuerte que sea, no es infalible y en esta familia ha habido demasiadas muertes últimamente. Necesitamos sangre nueva para tener esperanza –dijo, suspirando–. Tal vez sea buena idea que haya decidido casarse. Aunque a mí no me gusta la mujer que ha elegido como esposa.

Gina sintió como si el oxígeno no llegase a sus pulmones.

–¿El emir va a casarse?

–Sí –respondió Farida–. Con la hija del emir de un país vecino que es gorda, fea y tonta. Gracias a Dios no está buscando compañía interesante, porque no la tendrá con ella. Solo la ha visto un par de veces, así que sería un matrimonio de conveniencia, una forma de unir los dos reinos, pero yo no veo más que dolor y tristeza para él.

–¿Y El Corazón del Valor? ¿No dice la profecía que todos los miembros de vuestra familia se casarán por amor?

–¿Conoces la historia de la joya? –exclamó Farida.

Gina había olvidado que no debía decirle nada al respecto y buscó una explicación a toda prisa.

–Sé que existe, por supuesto. Y sé que tiene una historia detrás.

–Yo creo en esa leyenda. Y creo que uno no debe discutir con el destino. En cuanto vi a Azhar supe que era el hombre de mi vida... de hecho, nunca dejaré de amarlo aunque ya no esté conmigo. Mi corazón lo mantiene vivo, ¿lo entiendes?

–Sí, lo entiendo. Pero tu hermano... ¿él no cree en la profecía?

–No, Zahir no cree en ella. Mis padres estaban tan enamorados como yo lo estaba de Azhar, así que teme enamorarse y perder a esa persona... –Farida suspiró de nuevo–. A veces puede ser muy testarudo, especialmente cuando cree tener razón.

–¿Entonces prefiere casarse con una mujer a la que apenas conoce?

La joven asintió con la cabeza.

–Eso me temo.

Mientras recorría uno de los pasillos más tarde, con las notas apretadas contra su pecho, Gina escuchó una voz masculina...

–Gina –la llamó Zahir desde la puerta de su despacho.

–¿No quiere decir «doctora Collins», Alteza? –replicó ella, incapaz de disimular su dolor al saber que iba a casarse con otra mujer.

Capítulo 7

QUIERO hablar contigo –dijo Zahir, con su habitual tono autoritario.

–Lo siento, pero ahora mismo no puedo –respondió Gina, el dolor y la rabia que sentía impidiendo que lo mirase a la cara–. Tengo mucho trabajo.

La fiera mirada que lanzó sobre ella sería suficiente para asustar al propio Ghengis Khan y ella no podía negar que le temblaban un poco las piernas.

–¿Cómo te atreves a hablarme así? En el futuro, sugiero que lo pienses dos veces antes de hablarme en ese tono. Entra en mi despacho, ahora.

Cerrando la puerta tras ellos, Zahir le hizo un gesto para que se sentase y Gina se alegró porque no las tenía todas consigo. Dejando los papeles sobre un sofá tapizado en brocado de seda, colocó las manos sobre su regazo y lo miró a los ojos.

–Le pido disculpas si he sido grosera, Alteza. No volverá a ocurrir.

–Eso espero.

–¿De qué quería hablarme?

Con las manos a la espalda, Zahir paseaba de un lado a otro del despacho, su perfil hermoso y formidable a la vez. Pero, de repente, se detuvo, en silencio.

–¿Qué ocurre? ¿Te duelen las heridas? –le preguntó.

Zahir se acercó a ella para tomarla entre sus brazos.

–¡Estoy herido, sí! ¡Pero no por las heridas de bala, sino porque no puedo disfrutar de tu boca cuando quiero, porque no tengo tu cuerpo desnudo bajo el mío! ¿Puedes entender lo que estoy sufriendo o no te importa?

–Claro que me importa...

Gina no pudo terminar la frase porque Zahir se apoderó de su boca. Dejando escapar un gemido, Gina le echó los brazos al cuello, como el tronco de un árbol al que podría agarrarse para salvar su vida si estuviera en peligro de ser arrastrada por un huracán.

La lengua de Zahir bailaba con la suya mientras deslizaba las manos por su espalda, apretándola contra su torso hasta que no había espacio entre ellos. Levantando una mano, deshizo su trenza y dejó caer el pelo sobre sus hombros...

Había dicho que no podía soportar vivir sin el sabor de sus labios y sin la intimidad de su cuerpo...

Gina no sabía cómo decirle que ella sentía lo mismo. Lo único que podía hacer era demostrárselo devolviéndole el beso, sus manos tan ansiosas por tocarlo como las de Zahir. Su cuerpo era duro como el acero bajo la chilaba, su boca esclavizándola para siempre.

Respirando agitadamente, Zahir se apartó para tomar su cara entre las manos.

–Debo tenerte en mi cama esta noche. Después de esto, ¿cómo puedes negármelo?

Gina no sabía qué decir, pero como la serpiente en

el paraíso, un triste pensamiento asomó entonces su peligrosa cabeza.

–Suéltame.

–¿Qué? –exclamó Zahir, desconcertado.

–Suéltame. Necesito sentarme un momento.

En cuanto la soltó, Gina se dejó caer sobre el sofá de brocado, respirando profundamente antes de hacer una pregunta para la que necesitaba urgente respuesta:

–Tu hermana me ha contado que tienes intención de casarte. Según ella, sería un matrimonio de conveniencia con la hija del emir de un país vecino. ¿Es cierto, Zahir?

Él volvió a pasear por el despacho, pero enseguida se detuvo a unos metros de ella; la luz del sol que entraba por la ventana dándole un brillo casi rojizo a su pelo negro. En sus sueños, Gina no podía haber imaginado un hombre tan magnífico, tan inalcanzable.

–Es cierto, sí. Pero ¿qué tiene eso que ver con nosotros? No voy a casarme con ella por amor o porque la encuentre atractiva, de modo que no tienes por qué estar celosa. Sobre todo, cuando tú posees tantos atributos. Es, como tú has dicho, un mero matrimonio de conveniencia con propósitos dinásticos. Los matrimonios concertados son habituales en mi país, como tú sabes muy bien.

–La última vez que hablamos de esto dijiste que no habías encontrado a ninguna mujer que te interesara, pero veo que eso ha cambiado.

–Ese matrimonio no tiene nada que ver contigo, Gina. Absolutamente nada. ¿Es que no te das cuenta?

Un gemido escapó de sus labios.

–Yo no creo en los matrimonios concertados, en

los matrimonios de conveniencia o en los matrimonios basados en el sexo –Gina se levantó para dirigirse a la puerta–. Si me perdonas, debo seguir con mi trabajo. Prometí volver a reunirme con tu hermana y antes debo poner en orden mis notas...

Zahir llegó a su lado de una zancada, un millar de emociones en sus ojos.

–No te he pedido que fueras mi amante porque no me importes. Aunque me hiciste daño con tu falsa promesa de volver hace tres años, no hay ninguna mujer en el mundo a la que desee como te deseo a ti.

–Te creo –murmuró ella. Tenía que creerlo porque la verdad de sus palabras estaba en sus ojos.

–¿Entonces por qué te vas?

–Me deseas, pero eso no es suficiente para que comparta tu cama o me convierta en tu amante. No quiero ser tu segunda mujer, aunque tu esposa sea una mera formalidad, una conveniencia. Eso sería traicionar mi propia integridad. Lo siento, pero no puede ser. No voy a traicionarme a mí misma.

Dejándolo de pie, atónito y sombrío, Gina salió del despacho y Zahir llamó a Jamal a gritos para ordenarle que ensillara a su caballo de inmediato.

Unos minutos después, ignorando las súplicas de su leal sirviente, Zahir montaba sobre el magnífico semental negro para dirigirse a las colinas.

¿Qué otra cosa podía hacer con el insatisfecho deseo que corría por sus venas? Tenía que quemarlo de alguna forma o se volvería loco. Y después del rechazo de Gina no podía estar cruzado de brazos toda la tarde solo porque el médico le hubiese recomendado descanso.

¿Por qué estaba siendo tan testaruda? Según un antiguo proverbio, la paciencia era una hermosa virtud, pero en aquel momento Zahir se sentía demasiado frustrado como para contemplar la sabiduría de tal máxima.

¿Qué podía hacer para que Gina aceptase ser su amante? Debía convencerla como fuera. De algún modo tendría que compensar su matrimonio con una aburrida chica de dieciocho años que prefería pasarlo bien con sus amigas y comer pasteles en lugar de darle placer a un hombre.

Cuando miró hacia atrás y vio a un guardia de palacio siguiéndolo, dejó escapar una maldición. Espoleando a su caballo cuando llegaron a campo abierto, galopó a toda velocidad...

–Date la vuelta –la expresión alegre de Farida mientras Gina se probaba la túnica y el pañuelo que le había prestado para ir al mercado era casi enternecedora.

Después de esa escena tan emocional en el despacho de Zahir, la inesperada excursión que Farida había sugerido le parecía el antídoto perfecto para su melancolía. Le dolía en el alma ser lo bastante buena como para convertirse en la amante de Zahir, pero no en su esposa.

Al menos, había declarado su deseo por ella... aunque no pensaba conformarse con eso.

–Por detrás, pareces nativa de Kabuyadir, como cualquier otra mujer que vaya al mercado. Solo cuando vean que eres rubia y tienes los ojos azules sabrán que no eres de aquí.

–Prefiero el anonimato de esta ropa –dijo Gina, pasando la mano por la túnica de seda–. En Inglaterra, los medios de comunicación nos bombardean diariamente con el aspecto que deberíamos tener, la talla que deberíamos usar y la ropa que deberíamos llevar, normalmente muy escotada y llamativa. Es un cambio agradable no tener que preocuparse por eso.

–Me alegro de que te sientas cómoda –dijo Farida–. Lo pasarás bien en el mercado y yo también. Hace tiempo que no salgo...

–Entonces, me alegro mucho de que vayamos al mercado.

–Si te gusta algo, un pañuelo, una túnica o una tela de brocado para hacerte un vestido, deja que mi sirviente regatee por ti. Así conseguirás un buen precio.

El mercado estaba lleno de gente y Gina miraba de un lado a otro, encantada, absorbiendo la magia de aquel sitio lleno de colores y aromas insólitos para una europea. Cuando volviese al Reino Unido y fuese al supermercado todas las semanas o cuando pasara por algún centro comercial para comprar ropa que no necesitaba, añoraría Kabuyadir porque los productos del mercado parecían más... auténticos.

Farida, que no se separaba de su lado y era la mejor guía que uno pudiera desear, señalaba los puestos de alfombras, sedas, perfumes o babuchas, contándole anécdotas divertidas.

Después de una hora abriéndose paso entre cientos de personas con diferentes atavíos y hablando en diferentes idiomas, la hermana de Zahir sugirió que tomasen un refresco y Gina aceptó, encantada. Se sentaron en una terraza bajo una palmera y Farida envió a su sirviente, Hafiz, al quiosco.

–¿Te gustaría llevarte algo a casa?

–He visto un puesto de aceites perfumados... me gustaría llevarme aceite de agar a casa –respondió Gina–. El aroma es maravilloso y siempre me recordará a Kabuyadir.

Y a Zahir, pensó.

–Iremos en cuanto hayamos tomado un refresco. Pero solo te dejaré que compres el aceite si es el mejor.

–Te estás portando muy bien conmigo y quiero que sepas que te lo agradezco mucho.

–Tonterías, soy yo quien está agradecida –dijo Farida–. Tú eres como un soplo de aire fresco para mí. Sé que en este momento no soy buena compañía precisamente.

–Pues claro que lo eres. Ojalá tuviese una amiga como tú en Inglaterra –le aseguró Gina–. Espero que vayas a visitarme cuando haya vuelto a casa.

–No hables de irte de Kabuyadir todavía, por favor.

–No tengo prisa por marcharme, te lo aseguro... –Gina no pudo terminar la frase porque un brazo de hierro la agarró por el cuello, levantándola violentamente de la silla mientras Farida gritaba llamando a Hafiz.

No sabía lo que estaba pasando, pero la adrenalina, y un innato instinto de supervivencia, hizo que clavase los dientes en el antebrazo del extraño, que la soltó de inmediato dejando escapar un grito de dolor. Para entonces, Hafiz había llegado con un grupo de gente y entre todos sujetaron al asaltante.

–¡Gina! ¿Estás bien?

Farida parecía tan asustada como ella y, aunque Gina intentó fingir que no tenía importancia, estaba temblando. Resultaba difícil creer que alguien hubiera intentado asaltarla en la calle y a plena luz del día. ¿Por qué qerría alguien hacerle daño?

–Estoy bien... creo. Pero necesito sentarme un momento.

El dueño del quiosco se abrió paso entre la gente con una botella de agua mineral en la mano.

–Beba, por favor.

Alguien había llamado a las fuerzas de seguridad y, como por arte de magia, varios soldados rodearon al hombre. Era joven, pero Gina tragó saliva al ver el afilado cuchillo que sacaron de entre los pliegues de su chilaba.

–¿Quién es? –preguntó–. ¿Por qué quería atacarme?

–No lo sé, pero mi hermano averiguará quién es y quién lo ha enviado.

Hafiz volvió con ellas pero, frustrado al no poder comunicarse con Gina, se volvió hacia Farida.

–Está preocupado porque no ha podido protegerte. Le he dicho que no es culpa suya...

–Claro que no.

–Nadie esperaba que alguien te atacase en el mercado... y en realidad la culpa es mía. Mi hermano se pondrá furioso al saber que hemos venido al mercado sin mis guardias. Después de lo que le pasó a él debería haber pensado que no estábamos seguras... pero has sido tan valiente. Si no le hubieras mordido, no sé qué habría pasado.

–Tampoco es culpa tuya. Y estoy perfectamente, no me ha pasado nada –dijo Gina. Lo último que quería era que Farida se culpase a sí misma por el incidente.

–Zahir respondió lo mismo cuando le dije que ese rebelde podría haberlo matado –murmuró la joven, apenada–. Voy a hablar con los guardias para volver a casa.

El galope a caballo había abierto la herida del costado y Zahir murmuró una maldición cuando el médico tuvo que darle nuevos puntos. Pero no lo lamentaba. El paseo no solo lo había ayudado a liberar su frustración, sino también a aclarar sus ideas.

Aunque su orgullosa naturaleza masculina y su privilegiada posición hacían que quisiera exigirle a Gina que compartiese su cama, sabía que esa no era la forma de conseguir su objetivo.

Después de todo, no quería que volviese a Inglaterra en el primer avión. No, en lugar de eso emplearía su encanto; un encanto al que ella no podría resistirse. Para empezar, le enseñaría El Corazón del Valor antes que a su colega, el doctor Rivers. Luego organizaría una cena privada en el palacio para maravillarla con la opulencia y suntuosidad del comedor principal...

–Mil perdones, Alteza –la voz de Jamal interrumpió sus pensamientos.

–¿Qué ocurre?

Agitado, el hombre le contó lo que había ocurrido en el mercado, y fue como si le hubieran dado un puñetazo en el estómago.

Gina...

Durante un segundo aterrador, pensar que pudiese estar herida dejó a Zahir paralizado. Luego, mientras Jamal seguía relatando la historia de cómo la doctora Collins había estado a punto de ser secuestrada en el mercado, donde había ido con su hermana Farida y su sirviente Hafiz, saltó de la cama y se puso la chilaba, ignorando los ruegos del médico para que descansara.

Dentro del pecho de Zahir, su corazón copiaba el golpeteo de un martillo contra la piedra. ¿Las calamidades que sufría su familia no iban a terminar nunca?, se preguntaba. Pero todo aquello era culpa suya porque no tenía la menor duda de que el ataque había sido perpetrado por uno de los rebeldes.

¿Habría sido un error intentar razonar con ellos? ¿Habría enviado su padre al ejército para solucionar el problema, sin darles oportunidad de formular sus peticiones? ¿Su arrogancia al creer que podía hacer las cosas a su manera era la responsable de aquella situación?

Intentando apartar de sí el recuerdo de su padre, un hombre que había sido admirado por sus oficiales y por los ciudadanos de Kabuyadir por su sabiduría y equidad cuando lidiaba con asuntos del gobierno, corrió hacia la puerta sin pensar en Jamal, que aunque joven y en forma, jadeaba un poco para seguirle el paso.

Gina y Farida estaban en un salón privado, tomando una taza de té. Al entrar en la habitación, con sus sofás dorados y sus muebles antiguos, Zahir miró a la mujer rubia que estaba sentada al lado de su hermana. Su trenza, normalmente perfecta, estaba un poco deshecha, los mechones que escapaban enmarcando su delicado rostro. Tenía la misma expresión vulnerable que recordaba de su primer encuentro en casa de los Hussein... y se quedó sin aliento.

En contraste con la túnica negra que llevaba, el pelo rubio resultaba extraño. Su primer instinto fue abrazarla, pero como Farida y su sirviente estaban allí, no pudo hacerlo.

–Me han contado que has sido asaltada en el mercado. ¿Es cierto?

–Ocurrió tan rápido que nadie se dio cuenta, Zahir. No pudimos hacer nada... –empezó a decir Farida.

–¿No pudiste hacer nada? ¿Por qué no llevaste a tus guardias? ¿Has olvidado lo que me ocurrió a mí el otro día? Por el amor de Dios, Farida, ¿cómo se te ha ocurrido ir al mercado sin vigilancia?

–Alteza, no se enfade con su hermana –intervino Gina–. Ocurrió sin que nos diéramos cuenta.

–Eso no la exime de culpa.

–Las dos somos culpables de lo que ha pasado. Cuando Farida sugirió que fuésemos al mercado, yo le dije que sí. Me hacía mucha ilusión ver un típico mercado oriental...

–¿Ese hombre te hizo daño? –le preguntó Zahir entonces, sin poder controlar el temblor de su voz. En ese momento le daba igual quién se diera cuenta. Era imposible fingir simple interés por una invitada que había sufrido un incidente cuando lo único que deseaba era tomarla entre sus brazos.

–El hombre agarró a Gina por el cuello, pero ella le mordió en el brazo –dijo Farida.

–¿Le mordiste?

¿Era posible que aquella mujer lo asombrase aún más? En jarras, Zahir la miró sin poder disimular su admiración.

–Fue algo instintivo. No soy ninguna heroína, Alteza.

–Los guardias encontraron un cuchillo entre los pliegues de su túnica –después de decirlo, Farida se encogió de hombros a modo de disculpa, pero era demasiado tarde. Zahir ya había empezado a imaginar las más horribles escenas.

–No quiero ni pensar lo que podría haber pasado.

–¿Tú crees que tiene algo que ver con los rebeldes?

–No tengo la menor duda –respondió él. Gina se había puesto pálida y, de repente, no parecía capaz de mantener el equilibrio–. ¡Gina! –gritó, corriendo hacia ella para sujetarla antes de que cayese al suelo.

Capítulo 8

MIENTRAS abría la puerta de la habitación de Gina con el pie para dejarla en la cama, Zahir se dio cuenta de que llevaban un pequeño séquito: su hermana, dos sirvientes, sin incluir a Jamal, y el doctor Saffar, su médico personal.

Dejando su preciosa carga sobre el edredón de seda, le quitó los zapatos y se sentó a su lado, apretando una mano que parecía helada. Desde el otro lado de la cama, el médico intentaba despertar a Gina dándole a oler unas sales.

Percatándose de que estaba siendo observado, Zahir hizo un gesto con la mano.

–¡Marchaos! ¡Dejadnos solos!

–¿Puedo quedarme yo? –preguntó Farida.

–Sí, claro –murmuró él, con tono de disculpa por el exabrupto.

Cuando se volvió, el médico tenía la cara de Gina entre las manos y ella empezaba a abrir sus ojos de color topacio.

–¿Qué ha pasado? –murmuró.

–Se ha desmayado, querida.

El cariñoso tono del médico sorprendió a Zahir. La única persona a la que se dirigía de ese modo era su hermana.

–¿Me he desmayado?

–Puede ocurrir después de un susto como el que se ha llevado, es normal.

–Yo nunca me había desmayado en toda mi vida.

–Hay una primera vez para todo. No debe preocuparse.

El hombre sonrió de nuevo y Zahir sintió celos de que fuera él quien consolase a Gina. Pero entonces sus miradas se encontraron y esta vez se aseguró de que solo lo mirase a él.

–Me has dado un buen susto –le dijo, apretando su mano.

–Lo sé... –murmuró ella, conmovida por su preocupación.

–Me temo que tendrá que dejarnos solos un momento, Alteza. Tengo que examinar a la doctora Collins –el médico abrió su maletín, mirándolo por encima de sus gafas–. Puede quedarse y ayudarme, Alteza –añadió, dirigiéndose a Farida.

En el pasillo, Zahir cruzó los brazos sobre el pecho con el ceño fruncido. Fuera se había levantado un viento que movía las lámparas de bronce, haciéndolas sonar como campanillas.

Después de lo que le pareció una eternidad, su hermana abrió la puerta de la habitación.

–El doctor Saffar dice que ya puedes entrar.

–¿Gina está bien?

Farida frunció el ceño.

–Tiene un hematoma en el cuello, pero el doctor Saffar le está poniendo una pomada. No creo que le duela mucho... lo que le ha afectado es el susto.

–No me extraña.

–Zahir...

–Dime.

–Yo creo que la persona que la atacó la confundió conmigo. Las dos estábamos sentadas de espaldas al quiosco y somos de la misma estatura. Además, Gina llevaba una de mis túnicas y un pañuelo en la cabeza, de modo que no pudo ver que era rubia. Pero ¿qué razones podría tener nadie para atacar a Gina?

–No se me ocurre ninguna –respondió él, apretando los puños–. Sí, tienes razón, seguramente fue un ataque oportunista, no uno orquestado. De ser así, el atacante no hubiera actuado solo.

–¿Crees que fue uno de los rebeldes?

Zahir asintió con la cabeza.

–Debió de ver la insignia del palacio en la túnica de Hafiz e intentó secuestrarte para negociar conmigo –le dijo–. Pensar que alguien pudiera hacerte daño hiela la sangre en mis venas, pero me enfurece que Gina, una extranjera, haya tenido que pasar por esto.

–Se recuperará enseguida, estoy segura. Es fuerte y hoy ha demostrado que es una luchadora.

Aunque Zahir estaba de acuerdo con ella, se le encogía el corazón al pensar que podrían haberla secuestrado. Pero él se encargaría de que pagaran por lo que habían hecho. Esta vez, no pensaba razonar.

–Alteza, el capitán de las fuerzas de seguridad está abajo, esperando audiencia –le dijo Jamal.

–Dile que iré enseguida –murmuró Zahir–. Antes tengo que comprobar que la doctora Collins está bien.

Zahir apenas había dicho nada cuando volvió a entrar en la habitación. ¿Cómo iba a hacerlo cuando su hermana y el doctor Saffar estaban presentes? Pero sus ojos, esos ojos oscuros como la noche, hablaban por él, haciendo que Gina sintiera como si tuviese fiebre; una fiebre que ninguna medicina podría curar porque la única cura era él.

Sus ojos le decían que se estaba volviendo loco por no poder estar a solas con ella y Gina sentía lo mismo. Lo único que quería era abrazar a Zahir para convencerse a sí misma de que había sobrevivido al ataque, de que seguía viva y que a alguien le importaba que así fuera.

En una esquina de la habitación, Farida bordaba en silencio. En cualquier otro momento, los pausados movimientos de la aguja hubiesen relajado a Gina, pero sentía una inquietud que solo pasaría cuando viese a Zahir.

La hermana del emir levantó la mirada y esbozó una sonrisa al verla despierta.

–¿Estás bien? ¿Necesitas algo?

Gina negó con la cabeza. ¿Qué podía necesitar si lo único que quería era a Zahir?

–No debería estar en la cama, me encuentro bien. No necesito nada, de verdad.

–Eres la mejor paciente del mundo. Después de lo que ha pasado esta tarde podrías pedir cualquier cosa y Zahir te lo daría.

–Hablando de tu hermano... de Su Alteza, ¿cenará con nosotras esta noche?

–No, me temo que no. Tiene un asunto importante que solucionar –respondió Farida–. Se ha ido a toda prisa con el capitán de la guardia y me ha dicho que no sabía cuándo volvería. Mientras tanto, ha dejado instrucciones de que no muevas un dedo. El doctor Saffar ha sugerido que cenes aquí en lugar de bajar al comedor y que no te levantes hasta mañana.

Intentando disimular su desilusión al saber que no vería a Zahir en toda la noche, Gina se abrazó las rodillas.

–¿Y el doctor Rivers? ¿Sabe lo que ha pasado?

–Ha sido informado y debo decir que se ha asustado mucho. Le dijo a Jamal que vendría a verte en cuanto estuvieras un poco más recuperada.

Gina hizo una mueca. Qué típico de él no molestarse por nadie. Jake era un ratón de biblioteca, no un hombre que pudiera soportar emociones fuertes, pero en cierto modo era un alivio. Pasar tiempo con su colega cuando estaba bien era irritante y encontrándose tan débil...

Se quedó dormida después de una cena que apenas había probado. A lo lejos, las notas de un *oud* la ayudaron a dormir, pero sus sueños no fueron apacibles esa noche.

Al recordar el cruel brazo que la había agarrado por el cuello en el mercado, se incorporó de un salto, asustada. Pero mientras intentaba acostumbrarse a la penumbra vio que Farida ya no estaba en el sillón. Alguien había ocupado su sitio...

Zahir.

Con el corazón acelerado, Gina se frotó los ojos para ver si seguía soñando, pero allí estaba, su rostro medio escondido entre las sombras.

–No podía alejarme de ti, *rohi* –murmuró, levantándose del sillón para acercarse a la cama.

A Gina le pareció que sus hombros eran más anchos

que nunca, que era más alto. Sus hipnóticos ojos oscuros y sus hermosas facciones nunca le habían parecido más impresionantes. Con el pelo negro como el ébano y la chilaba oscura parecía un mítico príncipe; el príncipe que gobernaba Kabuyadir cuando se creó el collar del que formaba parte como pieza central el famoso diamante conocido como El Corazón del Valor.

–Me alegro de que hayas venido.

Él rozó su cara con la punta de los dedos.

–Quiero llevarte a un sitio. ¿Puedes andar?

–¿Dónde vamos?

–No está lejos de aquí –Zahir esbozó una sonrisa.

Gina bajó las piernas de la cama. Antes de la cena, Farida la había ayudado a ponerse un camisón de algodón blanco que se pegaba a su cuerpo desnudo y caía hasta el suelo.

Él la tomó por la cintura.

–Debes calzarte –murmuró, inclinándose para tomar las babuchas del suelo.

–Me dijiste eso una vez –bromeó Gina.

–Sí, lo recuerdo.

Salieron del palacio y caminaron a la luz de la luna por el jardín, el poderoso aroma del azahar envolviéndolos mientras se movían en silencio hacia un destino desconocido para ella.

Poco después llegaron a un jardín privado y Gina vio una hoguera de la que saltaban chispas frente a una imponente tienda beduina. Sobre ellos, el cielo como una capa de terciopelo negro cubierta de millones de estrellas.

–¿Quién duerme aquí?

–Yo –respondió él, apretando su mano.

Gina entró en la tienda y dejó escapar una exclamación al ver las paredes de pelo de cabra tejido a mano, casi tan fuertes como el ladrillo, el satén y la seda de los almohadones, las alfombras de intricado dibujo que cubrían el suelo. Aparte de la luz de la hoguera, la única fuente de iluminación era un antiguo candil que lanzaba sombras sobre las paredes de la tienda, bailando como fantasmas.

Suspirando, se dejó caer sobre los suntuosos almohadones.

–Es un sitio precioso... mágico.

Sin decir nada, Zahir cerró la lona que hacía las veces de puerta y, después de quitarse las botas de cuero le quitó las babuchas a ella. Y luego, inclinando su oscura cabeza, besó sus pies con reverencia.

Ese gesto asombroso liberó la emoción que Gina había intentado contener durante días y, cuando Zahir levantó la mirada apenas era capaz de encontrar su voz. Como no podía hablar, sencillamente abrió los brazos y él la estrechó contra su torso para buscar sus labios. Sus besos eran como el calor del verano durante una tormenta eléctrica... era como estar en el cielo.

Cuando se apartó para enterrar los labios en su garganta y luego en su hombro, Gina deseaba de tal modo ser suya que tuvo que morderse los labios para contener un ruego desesperado.

Pero los ojos ardientes de Zahir le decían que sabía lo que necesitaba y, arrodillándose ante ella, le quitó el camisón y lo dejó caer sobre la alfombra.

Sacudiendo la cabeza, se puso en cuclillas para admirar su desnudez con ojos llenos de asombro.

–Eres preciosa. No encuentro palabras para decirte lo que siento, pero una cosa es segura: tu belleza no tiene comparación.

Los pezones de Gina se alzaron como si su mirada los acariciase. Parecían arder bajo el ansioso examen y cuando puso la boca primero en uno y luego en otro para chuparlos, ella pasó las manos por el brillante pelo negro, sujetándolo allí, gimiendo al notar el suave roce de sus dientes.

Cuando la apretó contra su torso, el deseo de Zahir era tan intenso como el suyo.

–Desnúdame –le ordenó él, con voz ronca.

Casi llorando de deseo, Gina le quitó la chilaba... pero al ver la herida en el costado cubierta por una venda se detuvo.

Tomando su cara entre las manos, Zahir sacudió la cabeza.

–No te preocupes, no vas a hacerme daño.

–Pero estás herido...

–He esperado este momento durante tres años y no voy a dejar que una simple herida me detenga. Te llevo en la sangre como una fiebre, *rohi*. Viéndote así, soy como un hombre hambriento frente a un banquete de los más deliciosos manjares y ya no puedo esperar más.

La belleza de su esculpido físico masculino la hacía suspirar. No era un gobernante que pasara el día entero en su despacho, sino un hombre que se entrenaba diariamente, con un cuerpo fibroso y duro.

Sus hombros, torso, abdomen y largas y poderosas piernas eran puro músculo protegido por una piel bronceada. Y en el pecho, cubierto de vello negro que se perdía bajo el ombligo, aquí y allí tenía cortes y heridas que confirmaban esa opinión. Zahir era un hombre que disfrutaba del trabajo físico y el ejercicio, fuese montando a caballo por el desierto, como Farida le había contado, subiendo a las montañas para enfrentarse valerosamente con una banda de rebeldes o practicando el arte de la espada con sus guardias.

Pero todos sus pensamientos se esfumaron cuando Zahir la tumbó sobre los almohadones para besarla apasionadamente en los labios. La caricia tuvo un efecto incendiario, explotando dentro de ella. Mientras intentaba recuperarse del impacto, un río de ardiente lava parecía recorrer sus venas. No podía estar separada de él ni un segundo más.

Gina deslizó las manos sobre sus firmes flancos hasta llegar al orgulloso miembro masculino que casi rozaba su vientre. Cuando lo agarró, Zahir no pudo contener un gemido, mirándola con una sonrisa tan lasciva como sabia.

Para devolverle el favor, separó sus muslos e introdujo los dedos en su húmeda cueva...

Gina se quedó un momento sin respiración, pero cuando la besó, la combinación del voraz beso con la rítmica exploración de sus dedos hizo que estuviese a punto de perder la cabeza.

El violento clímax hizo que cayese sobre él, temblando, las emociones envolviéndola como una ola gigante. Lágrimas ardientes rodaban por sus mejillas y Zahir la tomó entre sus brazos, besando su pelo, su nariz y sus labios hasta que dejó de llorar.

–No pasa nada, no tienes nada que temer, ángel mío. Estoy aquí contigo y yo te mantendré a salvo.

Gina apoyó la cabeza sobre el cálido torso masculino, suspirando.

A través de las paredes de la tienda podía ver el brillo de la hoguera al otro lado apagándose poco a poco. En el interior, entre los fuertes brazos de Zahir, se dio cuenta de que nunca se había sentido más segura o más feliz. Una intensa sensación de calma la envolvió entonces. El espectro del hombre que había intentado secuestrarla desapareció. Ya no aparecería en sus sueños, al menos esa noche.

Sonriendo, pasó distraídamente una mano sobre el plano abdomen de Zahir... y luego más abajo. Si creía que su deseo había desaparecido con el clímax, pronto se daría cuenta de que estaba muy equivocado. Solo estaba descansando un momento porque el roce de la abrasadora piel de su amante lo despertó de nuevo a la vida.

Sujetando su cabeza, Zahir clavó en ella sus ojos y Gina le transmitió en silencio la respuesta a la pregunta que había en ellos.

Buscando en un bolsillo de la descartada chilaba, Zahir se puso un preservativo y luego volvió con ella para tumbarla de nuevo sobre los almohadones.

Gina le dio la bienvenida con los brazos abiertos. Sus embestidas eran fuertes, impetuosas, llevándola a otro mundo. Su masculina posesión la hacía desear estar con él para siempre y casi gritó de pena al pensar que no podría ser...

En cuanto entró en ella, Zahir recordó vívidamente la primera vez que habían hecho el amor. Recordó cómo su apasionada unión había hecho que el mundo girase en sentido contrario y cómo durante días, semanas, meses, años después de eso no había podido olvidarla. Pero estaba de nuevo en esa otra esfera y era como si nunca se hubiesen separado.

Con su pelo dorado extendido sobre los almohadones de colores, su hermoso rostro y sus extraordinariamente cristalinos ojos azules mareándolo, Zahir juró en silencio no volver a dejar que se fuera de su lado.

Con el corazón a punto de salirse de su pecho, empujó con más fuerza, las emociones que lo embargaban tan abrumadoras como el placer que sentía. No había ninguna otra mujer en el mundo para él, ninguna con la que hubiera experimentado tal conexión, solo Gina.

Con sus largas y bien formadas piernas alrededor de su cintura, Zahir tuvo que hacer un esfuerzo sobrehumano para no dejarse llevar por el deseo de vaciarse dentro de ella. Cuando envolvió un pezón con los labios para chupar con fuerza supo que Gina estaba a punto de llegar al orgasmo de nuevo y esperó...

Sus suaves gemidos de placer se volvieron gritos mientras la llevaba al borde del abismo; unos gritos que llenaban la tienda. Entonces, y solo entonces, Zahir se derramó dentro de ella...

–Gina...

El sensual susurro en su oído, seguido de un cálido beso en el cuello, la despertó de un delicioso sueño. Era maravilloso despertar al lado de Zahir, viendo aquella sonrisa con la que había soñado durante tres años.

–Buenos días.

No había un solo centímetro de su cuerpo que no recordase el desinhibido encuentro de esa noche, pero por alguna razón que no entendía, de repente sintió vergüenza al verse desnuda entre sus brazos.

–¿Te has puesto colorada?

–No, no... ¿por qué dices eso?

Su rostro arrebolado desmentía tal negativa, pero Zahir miraba su garganta como hipnotizado. La luz del amanecer que se colaba por las paredes de la tienda iluminaba su expresión compungida.

–Ese desgraciado te hizo daño –susurró.

Gina acarició su cara.

–No hablemos de eso ahora.

–Afortunadamente, ya está entre rejas, con su hermano. Para ellos ya no existe el confort y el cariño de familiares y amigos. En lugar de eso tendrán que acostumbrarse a una prisión de alta seguridad porque allí es donde van a estar durante mucho tiempo.

–No entiendo, Zahir... ¿quién es el hermano de ese hombre?

Gina se sentó, cubriéndose con la manta de lana bajo la que habían dormido.

La expresión de Zahir era formidable.

–El líder de los rebeldes, el hombre que me disparó. Al veros en el mercado, su hermano intentó vengarse por su encarcelación secuestrando a mi hermana. Ayer por la noche, delante del jefe de las fuerzas de seguridad, lo confesó todo. Llevabais una ropa similar y pensó que eras Farida. No sabes cuánto lamento lo que pasó, Gina, pero el hecho es que mi hermana no debería haberte llevado al mercado sin guardaespaldas. Me quedé atónito al saber que habíais ido sin protección, sobre todo después de que yo fuese herido por la bala de ese loco.

–Las intenciones de tu hermana eran buenas. Está empezando a superar el dolor por la muerte de su marido y quiere vivir de nuevo... ser normal, ir al mercado, hacer las cosas que hacía antes de perderlo. ¿No te alegras?

–Sí, desde luego, pero...

–Farida me contó que hasta hace poco todo le parecía inútil, que no sentía deseos de vivir. Por eso, cuando sugirió que fuésemos al mercado pensé que era buena idea. Y nadie podría haber predicho lo que iba a pasar –insistió Gina, temiendo que el incidente devolviera la tristeza a Farida–. No te enfades con ella, por favor. Yo sé cuánto la quieres.

–Es porque la quiero que temo diariamente por su seguridad –Zahir besó su pelo–. Si la perdiese, no sé... no creo que pudiera soportarlo.

–Lo entiendo. Nadie desea perder a las personas a las que quiere, pero por duro que sea tenemos que soportarlo. No podemos vivir temiendo constantemente que ocurra algo malo. Si vives con miedo, olvidas el tremendo privilegio que es vivir. No te tortures a ti mismo pensando que algo malo podría ocurrirle a tu hermana, Zahir.

Él sacudió la cabeza.

–¿Dónde has adquirido tanta sabiduría? –murmuró, sorprendido–. Anoche hice prometer al líder de los rebeldes que no habría más venganzas por su encarcelamiento –le confesó luego–. He enviado a un retén de guardias a las montañas para asegurarme de que se cumpla esa promesa. Ellos se encargarán de que los rebeldes vuelvan a casa con sus familias y dejen de aterrorizar a los lugareños. Pero te aseguro que no volveré a arriesgarme.

–Me alegro mucho –dijo ella.

–Ser el gobernante de Kabuyadir significaba que a veces hay que tomar decisiones difíciles y, después de lo que pasó en el mercado, tanto mi hermana como tú tendréis que ser más prudentes. No voy a confiar en hombres que ven la violencia como la única forma de conseguir lo que quieren, de modo que cuando salgáis del palacio tendréis que ir acompañadas por agentes de seguridad.

–Muy bien, como tú digas.

–Aunque me encantaría quedarme aquí contigo todo el día, tengo trabajo que hacer y tú debes volver a tu habitación para descansar. Pediré que te suban el desayuno.

–Pero yo no quiero quedarme en la habitación –protestó ella–. Quiero seguir con el inventario.

–¿Y si volvieras a desmayarte?

–No voy a desmayarme, en mi vida me había ocurrido algo así. Te aseguro que no me pasará nada.

–¿Ahora eres capaz de predecir el futuro?

Eso hizo sonreír a Gina.

–Pues claro que no, pero me conozco bien y soy mucho más fuerte de lo que crees.

–Fuerte y decidida, ya lo sé. Y muy cabezota.

Ella se encogió de hombros.

–Prefiero hacer algo interesante que estar de brazos cruzados recordando lo que pasó ayer.

–Ummmm –Zahir inclinó a un lado la cabeza–. En ese caso, será mejor que te ocupes del inventario. De acuerdo, no te lo impediré, pero solo si prometes ser sensata y no trabajar demasiado.

–Lo prometo.

Después de darle un cálido beso en los labios, revolvió su pelo y se levantó para vestirse.

Capítulo 9

LA PUERTA de la habitación de Jake Rivers estaba abierta cuando Gina pasó por delante de camino a la terraza. Era la primera vez desde que llegó al palacio que le apetecía desayunar. Hacer el amor con Zahir le había abierto el apetito, pero el apetito desapareció en cuanto vio la maleta de Jake sobre la cama.

Golpeando la puerta con los nudillos, esperó un segundo en el pasillo.

–¡Entre! –gritó Jake, con tono impaciente.

Gina asomó la cabeza en la habitación.

–¿Qué ocurre? ¿Te marchas?

Él se ajustó las gafas sobre el puente de la nariz.

–Desde luego que sí.

–Pero ¿por qué?

–¿Tienes que preguntar por qué después de lo que pasó ayer? –exclamó Jake, señalando el pañuelo rosa que Gina se había puesto en el cuello para disimular los hematomas–. Primero el emir resulta herido por un disparo de los rebeldes, luego te atacan a ti en el mercado... lo siento, pero yo valoro mi cuello mucho más que ese maldita joya que, por cierto, Su Alteza no ha tenido la delicadeza de enseñarnos todavía.

–El hombre que disparó al emir y el que intentó secuestrarme en el mercado están en la cárcel, Jake. No tienes por qué marcharte, ya no hay peligro.

–¿Y cómo sabes que están en la cárcel?

–Me lo contó el emir.

–¿No me digas? –replico Jake, sarcástico–. Parece que os lleváis muy bien de repente, ¿no? ¿Estás pensando presentarte a candidata para su harén?

–No seas idiota.

–No soy idiota, Gina. He visto cómo te mira el emir, pero los hombres como él no tienen relaciones serias con mujeres como tú... por guapas e inteligentes que sean. Además, he oído por ahí que va a casarse con la hija del emir de un país vecino, ¿lo sabías?

Aquello era precisamente lo único que Gina no quería recordar en ese momento, especialmente después de la noche mágica que había pasado con Zahir.

–¿Le has dicho al emir que tienes intención de marcharte?

–Sí, se lo dije anoche. Pero tenía mucha prisa por salir de palacio con un grupo de guardias y me gritó que hablase con Jamal, así que él se ha encargado de todo. Me da igual no viajar en primera clase, subiré al primer avión con destino a Reino Unido que esté disponible. Y tú deberías venir conmigo –Jake cerró la maleta y se quedó mirándola.

–No puedo irme a casa todavía. Vine aquí a hacer un trabajo y no me marcharé hasta que haya terminado. Además, quiero ver la joya.

–Pues buena suerte –replico él, sarcástico–. ¿Y tu padre? ¿Cómo crees que se sentirá al saber lo que ha pasado? Esto no es Londres, Gina. No es un sitio seguro.

–Lo que yo haga no es asunto tuyo, Jake. Los problemas con los rebeldes han sido solucionados y no quiero que le cuentes nada a mi padre. Ya te he dicho que no se encuentra bien últimamente.

–Como quieras –asintió él–. Bueno, será mejor que me marche, Jamal me ha dicho que alguien me llevará al aeropuerto.

–Que tengas buen viaje –dijo Gina–. Siento mucho que tu estancia en Kabuyadir no haya sido lo que esperabas. Por favor, saluda a todo el mundo en la oficina, diles que les enviaré un informe en cuanto pueda –añadió, inclinándose para darle un beso en la mejilla. Aquella mañana no se había afeitado y eso dejaba claro lo nervioso que estaba.

–Seguramente pensarás que soy un cobarde, ¿no?

Sintiendo compasión por él, Gina negó con la cabeza.

–Tú sabes lo que es mejor para ti. Yo no tengo por qué juzgarte.

–Creo que el emir tendría mucha suerte si decidieras compartir su cama... pero mucha suerte –sonriendo, Jake cerró la maleta y salió de la habitación.

–Pensé que te encontraría aquí.

Gina no había visto a Farida en toda la mañana y después de trabajar varias horas en el inventario decidió ir a buscarla. La encontró en el jardín, sentada en el mismo banco frente al estanque en el que la había visto unos días antes.

Parecía triste de nuevo. El hermoso jardín, con sus flores, sus esculturas y sus fuentes transmitía una sensación de paz, pero Farida parecía consternada.

–Siento no haber ido a buscarte esta mañana. ¿Cómo te encuentras? Espero que se te haya pasado el susto.

–Estoy bien –Gina tocó el pañuelo que llevaba al cuello–. ¿Te importa si me siento un rato contigo?

–Claro que no –Farida se movió un poco para hacerle sitio.

Por el rabillo del ojo, Gina vio a un guardia de palacio apostado a unos metros de ellas y a otro que las observaba desde una ventana.

Zahir hablaba en serio al decir que a partir de aquel momento su hermana tendría más protección.

–¿Qué te ocurre, Farida? Pareces triste esta mañana.

Su acompañante suspiró.

–No debería haberte llevado al mercado. Podría haberte ocurrido algo y, además, Zahir está muy enfadado conmigo.

Gina apretó su mano.

–Se le pasará. El emir siente por ti un cariño incondicional... y yo creo que se culpa a sí mismo por lo que pasó.

Farida abrió mucho los ojos.

–¿Cómo sabes tú eso?

Gina tragó saliva, alarmada. Debía tener más cuidado al hablar de Zahir. Farida no sabía que mantenían una relación íntima, que se conocieran de antes o que Zahir le hubiese revelado sus miedos sobre ella.

–Ayer me di cuenta de lo importante que eras para él. No puede ser fácil ser el gobernante de un reino, responsable de tantas decisiones importantes. Tu hermano se toma su puesto muy en serio y debe dolerle cuando las cosas no van bien.

–Sí, es cierto –Farida la miraba de forma diferente aquella mañana, como si estuviera examinándola–. Espero no ofenderte al decir esto, pero ayer me pareció que mi hermano se mostraba particularmente interesado por ti... no solo como alguien a quien ha contratado para hacer un trabajo. Parecía tan agitado al saber lo que pasó en el mercado... nunca lo había visto así. ¿Me equivoco al pensar que podría haber algo entre vosotros?

Gina no sabía qué decir. Aunque debería ser discreta y diplomática, la hermana de Zahir se había convertido en una amiga y quería ser tan sincera como lo era ella. Nerviosa, tragó saliva, sintiendo que una gota de sudor caía por su espalda.

–Conocí a Su Alteza... a tu hermano hace tres años, la primera vez que vine a Kabuyadir, cuando la familia Hussein me contrató para hacer el inventario de su biblioteca –empezó a decir–. Acababa de saber que habían tenido que llevar a mi madre al hospital y al día siguiente volvía a casa. Los Hussein habían organizado una fiesta de graduación para su sobrino y conocí a tu hermano en el jardín de su casa. Yo estaba disgustada y él fue muy amable conmigo. Pero entonces no sabía quién era –siguió, mirando alrededor por si Zahir aparecía de repente–. Entre nosotros hubo... una conexión instantánea, esa clase de atracción que ocurre una vez en la vida. Nunca había sentido nada así –Gina se puso colorada al ver que los ojos de Farida empezaban a brillar, ilusionados–. Me fui a casa al día siguiente, prometiendo volver cuando mi madre se recuperase y sin dejar de pensar en él. Pero mi madre murió y mi padre pareció envejecer de la mañana a la noche. Entonces supe que me necesitaba y él mismo insistió en que me quedase en Inglaterra para afianzar mi carrera. Además, le preocupaba que quisiera volver con un hombre que vivía tan lejos y del que no sabía nada y sus argumentos fueron tan convincentes que empecé a cuestionar mis razones para volver a Kabuyadir. Entonces este sitio me parecía un sueño, algo lejano e inalcanzable. Cuando tu hermano llamó por teléfono para pedirme que volviera y yo le dije que no podía hacerlo porque mi padre me necesitaba... fue una conversación terrible para mí. Mientras lo decía se me rompía el corazón al pensar que no volvería a verlo nunca.

–¿Y cómo se tomó mi hermano la noticia?

–Se disgustó mucho –respondió Gina.

–Nuestros padres murieron también hace tres años de forma inesperada. Zahir se convirtió en el emir de Kabuyadir y desde entonces se volvió muy reservado. Yo pensé que era porque echaba de menos a mis padres, pero ahora me doy cuenta de que había otra razón... –Farida la miró entonces con gesto de perplejidad–. ¿Y cómo es que has vuelto ahora para hacer el inventario de palacio?

–Alguien se puso en contacto con la casa de subastas para la que trabajo... –Gina recordó a tiempo que no debía mencionar El Corazón del Valor–. Necesitaban a alguien para hacer inventario de los objetos antiguos. Fue una gran sorpresa para mí descubrir que Zahir era el emir de Kabuyadir, te lo aseguro –de repente, una ola de emociones contenidas la envolvió y, sin saber qué hacer, se puso en pie.

Farida hizo lo mismo, mirándola con expresión preocupada.

–¿Y ahora? –le preguntó.

–¿Qué quieres decir?

–¿Zahir y tú habéis retomado vuestra relación?

Gina no sabía qué decir. ¿Por qué tenía que ser todo tan difícil? ¿Cómo iba a contarle a Farida que Zahir solo la quería como amante? Y, después de la noche anterior, ¿no había aceptado ella tácitamente?

–No, en realidad no...

–¿Por qué no? A mi hermano le importas, eso está claro. Lo lógico sería dar el siguiente paso –levantando las manos, Farida exhaló un suspiro de frustración.

A Gina le parecía sorprendente que aceptase de buen grado la relación con su hermano. De hecho, había temido que pensara que Zahir estaba por encima de ella.

–Él piensa hacer un matrimonio de conveniencia y la idea de una relación amorosa no parece interesarle.

–¿Tú le quieres?

Gina tragó saliva. Ya le había contado tantas cosas... ¿cómo iba a negar una verdad que la turbaba de día y de noche?

–Sí.

–¿Quieres a mi hermano, lo quieres de verdad? ¡Esta es la mejor noticia que he recibido en mucho tiempo! Tú eres justo lo que Zahir necesita, una mujer que lo ame por sí mismo y no por su posición o su dinero. ¡Es lo que profetiza El Corazón del Valor, que los descendientes de nuestra familia se casarán solo por amor! –Farida la abrazó, emocionada.

Pero, con el corazón acelerado, Gina dio un paso atrás.

–Por favor, no debes decirle nada a Zahir. Está claro que él no quiere tomar en consideración los sentimientos para contraer matrimonio.

–Yo quiero mucho a mi hermano, pero no soy ciega a sus defectos. A veces es demasiado rígido, pero, si cree que puede cambiar su destino, está completamente equivocado. ¡Sencillamente, no puede casarse con la hija del emir de Kajistán cuando es a ti a quien ama!

–Si me amó alguna vez, ya no lo hace. Está demasiado enfadado conmigo por no haber vuelto como prometí hace tres años. Y te ruego que esta conversación quede entre nosotras. Por favor, no le digas nada a tu hermano.

–No te disgustes, amiga mía, no voy a decirle nada. A veces, lo mejor es ser sutil –dijo Farida–. No traicionaré tu confianza, te lo prometo. Por ahora, volvamos con el inventario, ¿de acuerdo? Haré mi parte con más dedicación ahora que sé la verdad sobre Zahir y tú.

Incapaz de disimular su preocupación, Gina acompañó a la joven al interior del palacio.

Zahir, acompañado por un pequeño grupo de hombres de seguridad, había ido a la ciudad para visitar a su guardaespaldas en el hospital y luego a su secretario, Masoud, que estaba en cama con un virus. Afortunadamente, los dos estaban recuperándose y cuando volvió al palacio lo único que quería era darse una ducha rápida antes de ir a buscar a Gina.

La encontró en la biblioteca como había imaginado y se quedó en la puerta un momento, mirándola. Sus preciosos ojos estaban clavados en las páginas de un libro, con un delicado pañuelo de color rosa alrededor de su cuello...

Zahir apretó los dientes al recordar el incidente en el mercado, del que se sentía responsable. Quería compensarla de alguna forma por su falta de precaución. De hecho, había sido casi imposible pensar en otra cosa que no fuera ella durante todo el día.

Incluso cuando conversaba con su guardaespaldas en el hospital o su secretario, Masoud, en casa, no podía dejar de recordar aquella noche. Había despertado con más energía y determinación que nunca después de hacer el amor con Gina y por la mañana había resuelto ser un gobernante justo, compasivo y firme, como lo había sido su padre, y hacer que sus descendientes se sintieran orgullosos de él.

De modo que no dudaría en tomar las decisiones que debía tomar, por duras que fueran y aunque eso significara sacrificar su felicidad personal.

Pero la verdad era que la noche anterior solo había saciado temporalmente su deseo por Gina; un deseo que aumentaba en intensidad a medida que pasaban las horas.

–Se está haciendo tarde, pero sigues trabajando.

Sorprendida, ella se levantó de un salto.

–No parece un trabajo cuando se trata de una genuina pasión.

–Pero seguro que ya has hecho más que suficiente por un día.

–No lo sé, supongo que sí.

Gina cerró el libro que había estado leyendo y Zahir no pudo dejar de notar que le temblaban ligeramente las manos.

–¿Has descansado?

–He estado ocupada todo el día haciendo algo que me gusta, eso es igual que descansar.

–Debería haber dejado instrucciones más estrictas para que descansaras en tu habitación.

–No soy una niña, Zahir.

–Si olvidas tus necesidades, eres una niña que no conoce las consecuencias de su comportamiento.

Ella pareció a punto de replicar, pero luego, con el libro y los papeles en la mano, pasó a su lado.

Riendo suavemente, Zahir la tomó del brazo.

–No quiero disgustarte, *rohi*. He estado pensando en ti todo el día.

El brillo rebelde en sus ojos azules desapareció.

–¿Dónde has estado? No te he visto durante el desayuno, la comida o la cena.

–¿Estás diciendo que me has echado de menos?

Gina se puso colorada.

–Solo quería saber...

–He ido a visitar a mi guardaespaldas, que resultó herido el otro día –con deliberada provocación, Zahir levantó su barbilla con un dedo–. Y luego he ido a ver a mi secretario, que está enfermo. Cuando vuelva a palacio quiero que lo conozcas. Creo que te caería bien.

Aunque respetaba y quería a su empleado y amigo, Zahir no quería seguir hablando de él, de modo que pasó la yema del pulgar por sus labios y el gemido que escapó de la garganta de Gina lo excitó de inmediato.

–¿Volverá pronto? –preguntó ella.

–¿Masoud? Eso espero. Tal vez en un par de semanas.

–Me alegro.

–¿Por qué no dejas eso en algún sitio? –sugirió Zahir, señalando el libro y los papeles que llevaba en la mano.

–Muy bien.

Cuando Gina los dejó sobre la mesa, él tomó su cara entre las manos para examinar sus preciosas facciones de cerca, sintiéndola temblar como un delicado pétalo de rosa.

Incapaz de resistirse a la tentación de esa seductora e inocente boca, inclinó la cabeza para besarla y el sensual contacto despertó una cadena de sensaciones. Si hubiese habido un terremoto en ese momento, las sacudidas no habrían sido más fieras.

Deslizando la palma de las manos por sus pechos, rozó uno de sus pezones por encima del vestido y el delicado sujetador de encaje, haciendo que la punta se endureciera. Con sus suaves gemidos inflamándolo, bajó las manos hasta la seductora curva de sus caderas y su trasero respingón. El fino vestido apenas era una barrera para su enfebrecida exploración...

El calor que sentía en las entrañas hacía que Zahir no pudiera pensar con claridad. Estaba punto de llevar a Gina a la larga mesa de la biblioteca para tomarla de la forma más primitiva cuando ella se apartó, poniendo una mano sobre su torso.

Jadeando, Zahir miró sus brillantes ojos azules, sorprendido.

–¿Qué ocurre?

–No podemos portarnos de esta forma, cualquiera podría entrar... ¿has olvidado que hay un guardia en la puerta? Un guardaespaldas que tú has insistido me siguiera a todas partes.

A él ni siquiera se le había ocurrido, aunque había pasado a su lado unos minutos antes.

–¿Y qué? Está entrenado para ser discreto.

Gina tomó el libro y los papeles de la mesa y, de nuevo, los apretó contra su pecho, como un escudo. Se había ruborizado y su pelo rubio amenazaba con soltarse en cualquier momento de la trenza.

El corazón de Zahir palpitaba con una mezcla de frustración y deseo.

–¿Dónde vas?

–Tienes razón, debería descansar un poco.

–No puedes decirlo en serio –replicó él, mirándola como si hubiera perdido la cabeza. ¿No se daba cuenta de lo que estaba sufriendo en ese momento? Y no se refería a sus heridas de bala.

–Estoy cansada, de verdad.

–¿Prefieres dormir antes que terminar lo que hemos empezado? ¿No disfrutaste anoche conmigo?

–Por supuesto que sí –respondió ella–. Fue increíble, pero estoy intentando hacer lo que debo. Hay un momento para todo y, como he dicho, hay un guardia en la puerta.

Él se pasó una mano por la cara, incapaz de disimular su frustración.

–Si te preocupa que nos oigan, podemos ir a mis aposentos.

–No, esta noche no. No estoy intentando frustrarte o desconcertarte, es que estoy cansada. Nos veremos por la mañana, Zahir. Buenas noches.

Con la cabeza muy alta y más aristocrática que una princesa, Gina salió de la biblioteca.

Sacudiendo la cabeza en un gesto de incredulidad, Zahir pateó una silla, enviándola al otro lado de la biblioteca. Y luego mascculló una maldición al escuchar los pasos del alarmado guardia.

Capítulo 10

EN LUGAR de buscar la relajación del *hammam*, seguido del consiguiente masaje, Zahir volvió a sus aposentos y se dio la ducha fría más larga de su vida. Después, dio vueltas y vueltas en la cama como si tuviera fiebre, incapaz de conciliar el sueño.

El inesperado rechazo de Gina lo había dejado sorprendido, enfadado... y dolorido.

¿Cómo se atrevía a rechazarlo de ese modo? Recordarle al guardia que estaba en la puerta era una tonta excusa. ¿Por qué parecía cansada de la pasión que había habido entre ellos la noche anterior?

Gina era una mujer joven y vibrante, con los mismos deseos que cualquier otra mujer, y él era un hombre joven y lleno de vida, con una potente libido. ¿Por qué no podían aprovechar la oportunidad de estar juntos y disfrutar? ¿Tenía miedo de que la utilizara y olvidase el respeto por ella?

Furioso, y sin querer aceptar que sus sentimientos podrían ser más profundos de lo que estaba dispuesto a admitir, Zahir se levantó temprano por la mañana para ir con un pequeño séquito al vecino reino de Kajistán, donde estaría al menos tres días.

Tres días para que Gina pensara en el error que estaba cometiendo al rechazarlo. Al menos, eso esperaba.

Iba a Kajistán porque, después de los desagradables incidentes con los rebeldes, publicados en todos los periódicos, Kabuyadir tenía que hacer una demostración de estabilidad. ¿Y qué mejor manera de hacerlo que casándose con la hija del emir de Kajistán y uniendo las dinastías de los dos reinos? Su boda sería una causa de celebración para todos y ayudaría a tranquilizar esa zona del mundo.

De modo que había decidido visitar a la hija del emir de Kajistán.

Perdida en los libros como siempre, Gina había ido a la biblioteca para encontrar un poco de paz después de una noche en la que no había podido conciliar el sueño. Pero levantó la cabeza al ver que Farida entraba con expresión angustiada.

–¿Qué ocurre? –le preguntó, rezando para que no le hubiera pasado nada a Zahir.

Había visto su gesto de frustración por la noche, cuando declinó su oferta de irse a la cama con él, pero no quería que pensara que iba a estar a su disposición a cualquier hora y en cualquier momento. Tal vez los dos necesitaban un poco de espacio para reflexionar sobre la situación...

–Zahir se ha ido a Kajistán.

–¿Kajistán?

–¿Recuerdas que te hablé de la hija del emir? –Farida se dejó caer sobre un sillón, sin aliento–. Zahir ha ido a consolidar sus planes de matrimonio.

Gina tuvo que tragar saliva, intentando disimular su angustia y fracasando miserablemente.

–¿Se ha ido? –repitió, desolada.

–No podemos dejar que destroce su vida, Gina. Cuando vuelva, debes decirle lo que sientes por él.

–No, no puedo hacer eso. Tu hermano ha tomado una decisión y está claro que no es conmigo con quien quiere casarse. Si fortalecer los lazos con Kajistán casándose con la hija del emir es tan importante para él...

–¿Has perdido la cabeza? –la interrumpió Farida–. ¿No vas a luchar por el hombre al que amas?

–No voy a luchar por un hombre que no me ama. ¿Para qué? –Gina se encogió de hombros–. Podría retenerlo durante un tiempo, pero ¿qué ocurrirá cuando encuentre a otra mujer que le interese más que yo? Si Zahir no cree en el amor, yo no puedo convencerlo.

–¿Entonces prefieres dejar que se case con la aburrida hija del emir de Kajistán?

–No he dicho que lo prefiera, pero...

–¿Has olvidado la profecía de El Corazón del Valor? La leyenda dice que todos los descendientes de la casa de Kazeem Khan se casarán por amor.

Los preciosos ojos almendrados de Farida estaban llenos de lágrimas y, conmovida, Gina decidió que debía ser sincera, aunque Zahir le hubiese pedido que guardase el secreto.

–No he venido aquí solo para hacer el inventario de los objetos antiguos del palacio. Tu hermano se puso en contacto con la casa de subastas para la que trabajo con objeto de corroborar la procedencia de la joya porque piensa venderla.

–¿Qué?

–Zahir cree que la leyenda es una maldición para vuestra familia.

–¿Lo dices en serio?

–Me temo que sí.

–Le he oído hablar de una maldición, pero no sabía que pensara venderla. No me lo puedo creer... esa joya ha pertenecido a mi familia desde siempre.

–Siento mucho darte tan mala noticia. Tus padres murieron tan jóvenes y luego tu marido... –Gina sacudió la cabeza–. Zahir cree que casarse por amor es una maldición y no la bendición de la que habla la leyenda.

–Pues entonces mi hermano debe de haberse vuelto loco –murmuró Farida, pálida–. ¿Cómo puede querer vender algo tan importante para nuestra familia... para todo el país?

–La verdad es que tampoco yo lo entiendo.

–Tiene miedo –dijo Farida entonces–. Eso es lo que pasa. Mi hermano tiene miedo de que una tragedia le robe el amor de su vida. Siempre había pensado que Zahir era uno de los hombres más valientes que había conocido nunca, pero ahora me doy cuenta de que es un cobarde.

Gina no sabía qué decir. Las palabras parecían inadecuadas en ese momento, pero creía entender por qué Zahir prefería un matrimonio de conveniencia. Sin pensar, pasó un par de páginas del diario que estaba leyendo antes de que Farida entrase en la biblioteca.

–Yo me quedé transfigurada por la leyenda de la joya en cuanto supe de ella. Y tal vez aquí encontremos ayuda –le dijo, señalando el libro.

–¿Qué estás leyendo?

–Es un viejo diario de tu familia... debe de tener más de doscientos años. El único problema es que mi conocimiento del idioma no es tan bueno como para traducirlo adecuadamente. Puedo entender algunas palabras, incluso algunas frases completas, pero nada más.

–¿Por qué no dejas que te ayude? –la hermana de Zahir se levantó de un salto para sentarse a su lado–. Nunca había visto este diario –murmuró, acariciando la tapa de piel repujada–. ¿Dónde lo has encontrado?

Gina se puso colorada.

–Estaba medio escondido en una de las estanterías de arriba. Me pareció un diario y, si quieres que te diga la verdad, he estado buscando información sobre los matrimonios de tu familia en los que se cumplió la profecía y siguieron siendo felices hasta el final.

Después de leer unos párrafos, Farida la miró con un brillo de emoción en los ojos.

–¡Es el diario de mi tatarabuela y en ella menciona El Corazón del Valor! Seguro que aquí hablará sobre su matrimonio y si fue feliz o no con su marido.

Intentando mantener viva una llamita de esperanza, Gina sonrió, satisfecha al contar con la inestimable ayuda de Farida.

Durante tres años, Gina se había visto privada de la presencia de Zahir, pero después de volver a verlo, y sabiendo sin la menor duda que seguía amándolo, esos tres días de ausencia eran una tortura para ella.

Pasaba el día trabajando en el inventario y Farida era la compañera más amable y encantadora que uno pudiera desear, pero no dejaba de pensar en Zahir, añorándolo y deseando volver a verlo para hablarle de sus sentimientos.

Pensar que podría volver con la noticia de su próximo matrimonio con la hija del emir de Kajistán era aterrador, pero se había prometido a sí misma no irse de Kabuyadir sin decirle la verdad.

Lucharía por el hombre del que estaba enamorada y, si Zahir la rechazaba, tendría que aceptar que estar con él no era su destino.

Zahir se alegraba de estar por fin de vuelta en su palacio. Al ver las torres bajo el último sol de la tarde, su corazón se llenó de orgullo y alegría. Era tan agradable volver a casa.

Había pasado gran parte del viaje consumido por el temor de que Gina y su hermana hubieran vuelto a ponerse en peligro. A pesar de haber dado instrucciones a los guardias de seguridad para que estuvieran especialmente vigilantes, seguía sintiéndose un poco inquieto.

La insurgencia rebelde había cesado con la detención de su líder, pero después del incidente de Gina en el mercado sabía que no podían tener demasiada precaución. Tan inquieto estaba cuando iba hacia Kajistán que había estado a punto de dar la vuelta por temor a que ocurriese algo, pero se dijo a sí mismo que el gobernante de Kabuyadir no podía vivir encerrado en su palacio.

–¡Zahir! –exclamó Farida, corriendo hacia él para abrazarlo–. Cuánto me alegro de que hayas vuelto.

–¿Va todo bien?

–Sí, todo va bien, maravillosamente bien. ¿Qué tal el viaje?

–El viaje ha ido bien –respondió él–. El emir de Kajistán ha sido tan hospitalario como siempre.

–¿Y su hija?

–Ella... –Zahir se lo pensó un momento antes de seguir–. Está bien.

De repente, eran como dos extraños intentando pasar de puntillas sobre algo de lo que ninguno de los dos quería hablar. Zahir lo lamentaba, pero habría tiempo para solucionarlo. Por el momento, lo único que deseaba era darse una ducha, pero había algo que debía preguntar antes de nada.

–¿Cómo está Gina?

Farida sonrió de oreja a oreja.

–Muy bien –respondió–. Hemos avanzado mucho en el inventario. Está arriba, en una de las galerías, rodeada de libros y legajos, estudiando la historia de un par de urnas persas.

–Era de esperar.

–Le encanta su trabajo y es estupendo estar con ella –siguió su hermana, entusiasmada–. Estoy aprendiendo mucho con ella, Zahir.

–No tengo la menor duda.

–Por cierto, esta noche he organizado una cena especial para celebrar tu regreso.

–Es un detalle por tu parte, pero ahora mismo solo quiero darme una ducha y cambiarme de ropa. Nos vemos esta noche en la cena –Zahir besó a su hermana en la mejilla antes de dirigirse a sus aposentos.

Mordiendo un lápiz, pensativa mientras estudiaba unas urnas persas para intentar descifrar de qué siglo eran, Gina no oyó los pasos sobre la alfombra.

–Veo que el inventario la tiene muy ocupada, doctora Collins. Me temo que trabaja demasiado.

Ella se volvió, sorprendida, al escuchar la voz de Zahir. Allí estaba, tras ella, con una chilaba oscura, el pelo negro brillando bajo la lámpara y un brillo burlón en los ojos oscuros que aceleraba el ritmo de su corazón.

Había vuelto a casa, pensó.

Gina sonrió de oreja a oreja porque, de repente, era como si lo viese por primera vez.

–Como ya te he dicho otras veces, no es trabajo cuando se trata de una genuina pasión. ¿Qué tal tu viaje a Kajistán?

Aunque no quería que respondiera «muy bien» porque eso significaría que había formalizado su compromiso con la hija del emir.

–Si lo que quieres saber es si el viaje ha sido agradable, la respuesta es sí. En cuanto a la hospitalidad del emir, no me he llevado una desilusión –Zahir se colocó frente a ella, sus botas de cuero pulidas hasta parecer un espejo. Pero cuando Gina iba a levantar la cabeza, él se puso en cuclillas para mirarla a los ojos.

Y Gina tuvo que hacer un esfuerzo para mantener las manos sobre el regazo porque, como por decisión propia, querían tocarlo.

–Me alegro de que hayas vuelto sano y salvo.

–Te confieso que también yo me alegro de estar de vuelta. Tienes una mancha de carboncillo en el labio.

–Es una costumbre mía morder los lápices –dijo ella–. Una mala costumbre.

–Esas urnas eran las piezas favoritas de mi padre –comentó Zahir.

–¿Ah, sí? Pues entonces tenía un gusto impecable. ¿Estaba interesado en la historia?

–Sí, mucho. ¿Cómo no iba a estarlo si vivía entre tantos tesoros históricos?

–¿Cómo era? –le preguntó Gina.

Hasta entonces no le había hablado de su familia o de cuánto lo había afectado la muerte de sus padres.

–Mi padre era una figura con mucha autoridad en el país, pero nunca fue injusto o cruel. Nos quería mucho y lo demostraba cada día, pero también quería mucho a sus súbditos y, a cambio, era querido por ellos. Te aseguro que no es fácil seguir sus pasos –Zahir hizo una mueca.

–No, imagino que no.

–Me quedé desolado cuando murió poco después de que falleciese mi madre. A veces, aún me parece escuchar su risa por los pasillos o su voz dándole órdenes a los guardias. En fin, la vida es así.

–Veo que lo echas de menos.

–Todos los días –respondió Zahir, intentando esconder su emoción–. Pero he venido no solo para saludarte, sino para decirte que mi hermana ha organizado la cena. Tal vez deberías dejar lo que estás haciendo. Farida me ha dicho que es una cena especial para celebrar mi regreso.

–Sí, lo sé. Se me había pasado el tiempo sin que me diera cuenta, como de costumbre –Gina se levantó y Zahir apretó sus brazos durante unos segundos, mirándola a los ojos.

–No sabía que tres días lejos de la gente que me importa pudieran ser como una eternidad, pero así ha sido.

Aunque Gina estaba deseando preguntarle qué quería decir con «la gente que me importa», permaneció en silencio. ¿Estaría ella incluida en esa lista? Y, si era así, ¿qué había sido de su compromiso con la hija del emir de Kajistán? Era tan frustrante no saber cuál era su decisión.

–Será mejor que vaya a arreglarme para la cena. Sé que Farida se ha ocupado con gran cuidado de organizar el menú.

–¿Tienes algo más de este color? –le preguntó Zahir, señalando el caftán de color aguamarina–. Si es así, me gustaría que te lo pusieras. Hace juego con tus ojos y me recuerda al mar... me gusta mucho.

Gina hizo un rápido repaso mental por su armario, pero intentó disimular.

–Creo que tengo algo de este color, sí.

–Muy bien, entonces nos veremos en la cena.

Zahir se dio la vuelta, su larga chilaba rozando las botas de cuero antes de que Gina pudiese decir nada más.

Estaban cenando en un comedor que Gina no había visto antes, pero una vez visto era imposible de olvidar. Sobre la mesa, una bóveda circular hecha de cristales de colores, como una vidriera occidental, pero de intricado diseño árabe. En las paredes, murales de escenas de un imperio arcaico y un tema arabesco en el suelo de mármol.

El espacio estaba iluminado por velas colocadas en apliques en la pared y sobre la mesa. Con el aroma de las especias y el incienso flotando en el aire, era como una mágica escena del magnífico pasado del país.

Después de lavarse las manos con agua caliente en un cuenco, se sentaron en silencio mientras los sirvientes colocaban sobre la mesa varias bandejas con aromáticas viandas.

Gina intentaba relajarse, pero no era fácil con Zahir sentado frente a ella, la hipnótica mirada oscura haciendo que su corazón palpitase como loco.

De los tres, era Farida quien parecía más cómoda. Esa noche, sus ojos brillaban de alegría al tener a su hermano en casa de nuevo.

Cuando los sirvientes los dejaron solos, incluido Jamal, la joven levantó su copa de zumo para hacer un brindis.

–Por Zahir, en honor de su regreso de Kajistán después de un momento difícil para nosotros y por su interés en dirigir este reino de manera justa. Nuestro padre no podría estar más orgulloso.

Él pareció sorprendido por el brindis.

–Solo quiero honrar su memoria y su fe en mí –murmuró.

–Por Zahir –dijo Gina. Pero inmediatamente se ruborizó. ¿Debería haber dicho «Su Alteza»?

Pero él estaba sonriendo, de modo que no debía preocuparse.

–Gracias, Farida. Y también gracias a ti, Gina. Como he dicho antes, me alegro mucho de estar de vuelta. He regresado con una noticia importante.

Gina apretó los labios, intentando prepararse para lo que iba a decir. ¿Qué haría si anunciaba que iba a contraer matrimonio con la hija del emir de Kajistán?

¿Se quedaría en Kabuyadir como su amante, sabiendo que nunca sería suyo del todo?

–Tal vez deberíamos cenar antes de que nos des la noticia –sugirió Farida.

Zahir frunció el ceño.

–Es muy extraño que no quieras conocerla ahora mismo. Debes de haber cambiado mucho desde que me fui.

–No, en absoluto. Sencillamente, he estado muy cómoda con Gina haciéndome compañía –respondió su hermana–. Lo he pasado muy bien haciendo el inventario, me ha ayudado a tener un propósito y me ha tenido ocupada... eso es mucho más interesante que especular sobre lo que estaría pasando en Kajistán.

–Me alegro mucho de que estés más animada, pero voy a daros la noticia en cualquier caso –insistió Zahir–. Como sabéis, había hablado de la posibilidad de contraer matrimonio con la hija del emir de Kajistán...

–Y yo te dije que no me parecía buena idea –lo interrumpió Farida.

–Como siempre, no tienes el menor reparo en decir lo que piensas. Supongo que debería agradecértelo.

Zahir estaba sonriendo y Gina se preguntó cómo era posible cuando estaba a punto de romperle el corazón en mil pedazos.

–Muy bien, cuéntanos qué has decidido –dijo su hermana, resignada.

–La noticia es que no voy a casarme con la hija del emir.

–¿No? –exclamó Farida, sin poder disimular su sorpresa.

Tras la insoportable tensión de esperar el anuncio, Gina estuvo a punto de llevarse una mano al corazón, aliviada.

–Ha ocurrido algo sorprendente –siguió Zahir, mirando de una a otra–. El emir me confesó que no quería condenar a su hija a un matrimonio sin amor, por importante que fuera para su país. Parece que también él está hechizado por la leyenda de la joya. Según él, no sería bueno que un descendiente de la familia Khan se rebelase contra la profecía. Admite temer repercusiones «sobrenaturales» si me casara con su hija, de modo que no habrá matrimonio de conveniencia.

–¡Eso es maravilloso! –exclamó Farida, que se puso colorada ante la mirada reprobadora de su hermano–. Bueno, quiero decir que es estupendo que el emir desee lo mejor para su hija. Bajo ese aburrido exterior, es una chica simpática y merece casarse por amor.

–¿Te alegras por ella? ¿Y qué pasa con tu pobre hermano?

–Tal vez ahora revisarás tu opinión sobre la leyenda y abrirás tu mente a otras posibilidades. No creo que sea tan difícil que una mujer encantadora se enamore de ti y tú de ella.

Zahir se encogió de hombros.

–Tal vez –murmuró, esbozando una sonrisa–. De hecho, admito que no me importaría casarme con una mujer de la que esté locamente enamorado.

Cuando terminó la frase, sus ojos de color chocolate estaban clavados en Gina y los de ella se llenaron de lágrimas.

–Hemos encontrado el diario de nuestra tatarabuela y en él menciona El Corazón del Valor –dijo Farida entonces–. Afirma creer en la profecía porque todos nuestros antepasados fueron felices en su matrimonio y la mayoría de ellos murieron por causas naturales –la joven respiró profundamente–. Para mí fue un golpe terrible perder a Azhar, pero no voy a rebelarme contra el cielo por ello, creo que eso sería muy arrogante.

–Tienes razón –admitió su hermano.

–Pero que me pasara a mí no significa que vaya a pasarte a ti, Zahir. No puedes vivir toda tu vida temiendo que eso ocurra. En cuanto a nuestros padres, siempre supimos que papá tenía el corazón delicado y, sencillamente, le falló tras la muerte de mamá...

Zahir se inclinó para apretar su mano.

–Eres muy valiente, Farida, y es una bendición tenerte como hermana. Sé que Azhar fue el amor de tu vida, pero tal vez, con el tiempo, puedas abrirle tu corazón a otro hombre. Eres muy joven y tienes mucho que ofrecer.

Después de decir eso se volvió hacia Gina con una radiante sonrisa que lo convertía en el hombre más apuesto que había visto nunca. Y en el rostro más querido.

–Vamos a disfrutar de la cena que ha organizado mi querida hermana. Seguiremos charlando más tarde.

–Perdone, Alteza –la puerta del comedor se abrió abruptamente y Jamal se acercó a la mesa.

–¿Qué ocurre?

–Una llamada de Masoud...

Jamal siguió hablando en su idioma y Gina no pudo entender lo que decía, pero tanto ella como Farida esperaron, en silencio, hasta que el emir se levantó, tirando la servilleta sobre la mesa.

–Tengo que irme, la salud de mi secretario ha empeorado repentinamente. Por favor, disfrutad de la cena, nos veremos más tarde –Zahir puso una mano sobre el hombro de Jamal–. Cuida bien de mi hermana y mi invitada.

Cuando iba hacia la puerta con gesto decidido, Gina se levantó de la silla y corrió hacia él.

–¡Zahir!

–¿Qué ocurre?

–Deja que vaya contigo.

–No, imposible.

–Por favor, sé que aprecias mucho a Masoud y he pensado... he pensado que podría ayudar.

–¿Ayudar? ¿Cómo? ¡Lo que necesito ahora mismo es un médico, no una experta en antigüedades!

Ignorando tan grosera réplica, Gina insistió:

–No quiero que estés solo toda la noche. Al menos, estando conmigo tendrás a alguien con quien compartir tus pensamientos y tu preocupación. Por favor, deja que vaya...

–Quiero que te quedes con Farida –la interrumpió él–. Como he dicho antes, nos veremos cuando vuelva.

Y después de decir eso salió del comedor sin mirar atrás.

Capítulo 11

HABÍA sido una noche muy larga, una noche en la que su leal secretario y amigo Masoud había tenido que luchar por su vida.

Los médicos del hospital al que Zahir lo había enviado en el helicóptero oficial habían trabajado como troyanos para mantenerlo con vida, pero al amanecer, el jefe del equipo médico le dijo que lo peor había pasado. Los días siguientes dirían si su sistema inmunitario tenía defensas suficientes para resistir.

Pálido y angustiado, Zahir volvió al palacio y cayó sobre su cama, mirando el techo. Como su amigo Amir Hussein, Masoud había estudiado con él y, además de su secretario, era casi como su hermano. Verlo en la cama del hospital, inerte y enganchado a tubos y máquinas, lo había asustado. ¿Iba a perder a otra persona importante en su vida?, se preguntaba.

No tenía la menor duda de que el destino estaba poniéndolo a prueba... de hecho, era casi como si estuviera riéndose de él.

Cuando había decidido darle una oportunidad al amor, le había mostrado lo precario que podría ser su futuro con Gina. Y él era fuerte, pero no tan fuerte. Si Gina muriese joven, no podría soportarlo. Con el corazón angustiado, Zahir cerró los ojos y rezó como no había rezado nunca...

Era como si Zahir se hubiese apartado de ella en todos los sentidos. Gina había tenido que perdonarlo por sus bruscas palabras de la noche anterior, sabiendo que estaba angustiado por la salud de su amigo. Pero no sabía que la esperase el mismo comportamiento al día siguiente.

Por la mañana, lo vio dirigiéndose a su dormitorio, su hermoso rostro pálido y demacrado.

–¡Zahir! –lo llamó.

–¿Qué ocurre?

–¿Cómo está Masoud?

–Por el momento, aguanta, pero los próximos días serán críticos. Si necesitas algo, habla con Farida o con Jamal, ¿te importa?

–No quiero molestarte, pero tal vez la próxima vez que vayas al hospital yo podría ir contigo. Sé que no puedo ayudar a tu amigo, pero podría servirte de apoyo...

–Si quieres que sea sincero, tu presencia sería una innecesaria distracción más que un apoyo. Ahora mismo tengo que concentrarme en Masoud, no dejarme cuidar por una mujer como si fuera un niño necesitado.

Gina se quedó atónita al ver que, de nuevo, la rechazaba bruscamente.

–Muy bien. Si cambias de opinión, solo quiero que sepas que puedes contar conmigo... eso es todo.

Zahir asintió con la cabeza y se alejó por el pasillo, dejándola inmóvil como una estatua.

Después de las esperanzas que había tenido tras la cena, esa actitud fría era una terrible desilusión para ella.

Pero durante los días siguientes se concentró en el inventario, rezando para que Masoud se pusiera bien porque no quería ni pensar en lo que pasaría si no se recuperaba...

Cinco noches después de que Zahir hubiese interrumpido la cena de bienvenida, supieron que el secretario del emir estaba recuperándose de aquella pesadilla y ya comía alimentos sólidos.

Zahir estaba mucho más contento e incluso fue a buscar a Gina para hablar con ella.

–Me voy al hospital –le dijo–. En realidad, es casi como si viviera allí –añadió, con una sonrisa cansada.

Gina estaba conmovida por la devoción que mostraba por su amigo, por el que lo había dejado todo, incluso sus deberes como gobernante de Kabuyadir. No todo el mundo haría algo así. Sin embargo, no dejaba de recordar que la consideraba a ella «una innecesaria distracción».

–Espero que Masoud se encuentre mejor.

–Cuando vuelva esta noche, me gustaría verte. Quiero contarte algo... sé que no he sido un buen anfitrión durante estos últimos días, pero prometo compensarte por ello.

–Entiendo que estuvieras preocupado por tu amigo y me alegro mucho de que por fin se esté recuperando.

–Pero sé que te he tenido muy abandonada...

–No debes preocuparte por eso. Como tú, no soy «una niña necesitada» –lo interrumpió Gina–. Cuando termine mi trabajo aquí volveré a casa y tú no volverás a pensar en mí –se le hizo un nudo en la garganta al decir eso y sintió que sus ojos se empañaban.

–¿Crees que no volvería a pensar en ti si volvieras a tu país? –Zahir frunció el ceño, desconcertado y preocupado al mismo tiempo–. ¿Tan mal te he tratado que te marcharías como si mis sentimientos no contasen para nada?

–Olvídalo, Zahir –intentando contener sus emociones, Gina hizo un esfuerzo por sonreír–. Tienes que pensar en tu amigo, lo entiendo. Cuando vuelvas, seguiré aquí, trabajando en el inventario, te lo prometo.

Él no parecía del todo convencido, pero tomó su mano para llevársela a los labios.

–Rezo para que sea así, *rohi* –le dijo, con voz ronca y llena de sentimiento–. Cuando vuelva, iré a verte directamente, sea la hora que sea.

Zahir no podía saber el alivio y la esperanza que habían creado sus palabras. Cuando se marchó, Gina se tomó unas horas libres y, en lugar de seguir con el inventario, sencillamente fue a su habitación para intentar calmarse un poco.

–¿Sigues levantada? Esperaba que lo estuvieras.

Farida se había ido a la cama horas antes y, por fin, Zahir tenía la oportunidad de estar con Gina a solas. Si seguía despierta.

Había llamado a la puerta de su habitación después de medianoche, esperando que estuviera profundamente dormida, pero ella respondió inmediatamente, con una sonrisa insegura.

–Estaba esperándote. Dijiste que querías hablar conmigo.

–Sí, es cierto.

–¿Cómo está Masoud?

–Mucho mejor –respondió Zahir–. Ha sido una recuperación milagrosa. Dos o tres días más en el hospital para recuperarse del todo y volverá a casa.

–Me alegro mucho. Por él y por ti.

–¿Quieres venir conmigo? –le preguntó Zahir entonces.

–¿Dónde vamos?

–No muy lejos de aquí.

–Muy bien.

La llevó por un pasillo que poca gente conocía, los dos en silencio. Con una larga túnica blanca, su brillante pelo rubio sujeto por un prendedor, la mujer que iba a su lado hacía que el corazón de Zahir se hinchase solo con mirarla. Pero había tenido que ser un gobernante más sabio que él, uno que escuchaba a su corazón, quien por fin lo hiciera reconocer la profundidad de sus sentimientos por ella.

La enfermedad de Masoud lo había hecho desesperar de nuevo, pero solo durante unos días, cuando temió que su amigo no sobreviviera. Sin embargo, incluso si Masoud no hubiera podido recuperarse, la vida seguiría adelante y su gran esperanza era vivirla con Gina a su lado.

–Quiero enseñarte algo –Zahir abrió una puerta y le hizo un gesto para que entrase.

En el pequeño salón apenas había muebles, solo una lámpara encendida y, en la pared, un asombroso cuadro del desierto. La obra había sido una de las favoritas de su madre, una enamorada de la pintura, sobre todo cuando retrataba la diversidad y la belleza de aquella asombrosa tierra en la que vivían.

Bajo el cuadro había un armario de madera de cerezo con una puerta de cristal que permitía ver los objetos guardados en el interior. El contenido de ese armario era la razón por la que no había más muebles en aquella sala, para que nada le restase atención.

Poniendo una mano en su espalda, Zahir empujó suavemente a Gina hacia el armario.

–Has sido tan paciente, *rohi*, que esta es tu recompensa. Estás mirando El Corazón del Valor.

La joya parecía especialmente hermosa esa noche, en su cama de terciopelo negro. El asombroso colgante era un círculo de rubíes y zafiros y en el centro, brillando como una estrella, el alma: un enorme y puro diamante del color del cielo del desierto a medianoche en forma de corazón que irradiaba no solo belleza, sino magia.

Hacía tiempo que Zahir no iba a admirarlo, pero con la supuesta connotación de tragedia para su familia que él había querido darle, no tenía que preguntarse por qué.

Después de averiguar que, según el diario de su tatarabuela, los matrimonios en su familia, hasta donde ella sabía, habían sido felices, Zahir estaba seguro de que debía escuchar a su corazón.

Pero aunque la historia de su familia no hubiera sido así, eso no habría afectado a su decisión. La arrogancia había nublado su buen juicio, pero las sabias palabras del emir de Kajistán le habían abierto los ojos.

–No sé cómo describirla –estaba diciendo Gina–. Es tal privilegio verla de cerca... es asombrosa.

Zahir la miró a los ojos.

–Tú eres asombrosa. El hombre que te atacó era un mercenario, un sicario entrenado y, sin embargo, tú luchaste sin pensarlo dos veces, sin acobardarte. Eres una mujer increíble, Gina Collins.

–A veces... a veces, cierto sentimientos pueden darte valor.

–¿Y qué sentimientos son esos?

–Cuando una persona te importa mucho, quieres quedarte con ella toda la vida y harías cualquier cosa para que nada os separase –empezó a decir Gina–. Lamento mucho no haber vuelto hace tres años, Zahir, pero cuando mi madre murió no tuve valor para confiar en mi instinto. Y cuando mi padre sembró dudas en mi mente, le hice caso en lugar de escuchar a mi corazón. Es cierto eso que dicen que ocurre cuando estás en peligro de muerte, que ves tu vida pasar ante tus ojos. Eso fue lo que me ocurrió en el mercado y me prometí a mí misma en ese momento que, si sobrevivía, te diría lo que sentía por ti.

Zahir se quedó inmóvil, el corazón galopando dentro de su pecho.

–Dices que mirando la joya te sientes privilegiada, pero yo podría decir lo mismo de ti, *rohi* –su voz contenía una pasión que salía de sus entrañas mientras, tiernamente, acariciaba su mejilla–. Quiero que me digas lo que sientes, ángel mío, pero antes debo hacerte una pregunta. Hay una inscripción en el dorso de la joya... ¿sabes cuál es la traducción?

–Podría recitarla hasta en sueños –Gina sonrió–.

Significa: «Trasciende el miedo para encontrar el valor de escuchar a tu corazón y amar sin reservas». Y yo supe que debía hacer eso contigo.

–Mi corazón dice lo mismo –poniendo las manos en su estrecha cintura, Zahir la atrajo hacia sí. Era como un perfume exótico, un elixir embriagador que lo emborrachaba y de cuyos efectos no se cansaría nunca mientras viviera–. Te confieso que durante un tiempo no supe encontrar valor para amarte sin reservas porque temía perderte. Pensé que, si fueras mi amante, podría retenerte aquí, pero sin entregarte mi corazón del todo... qué tonto he sido –le dijo, sacudiendo la cabeza–. Después de volver a verte me di cuenta de que una vida sin ti no tendría sentido. Te he amado desde aquella noche en el jardín de los Hussein, Gina. Te quiero no solo porque seas una mujer bellísima, inteligente y encantadora. Te quiero como amiga y como compañera y te deseo como mi esposa.

¿Estaba soñando?, se preguntó Gina. Pero no, el amor brillaba en los ojos de Zahir como un sol que no se pondría nunca.

–¿Estás seguro? –le preguntó, temiendo estar equivocada.

–¿Si estoy seguro? –repitió él, perplejo–. Acabo de preguntarte si quieres ser mi esposa... ¡pues claro que estoy seguro!

–Es que tengo la sensación de estar soñando –Gina bajó la mirada, tímida de repente–. He soñado tantas veces contigo, Zahir. Soñaba con convertirme en tu esposa. Desde la noche que nos conocimos, en realidad. Supe entonces que eras el amor de mi vida, pero cuando volví a Kabuyadir y descubrí que eras el emir... en fin, pensé que era un sueño imposible.

–Tú eres un sueño que yo creía imposible, *rohi*. Imposible para mí durante tres largos años. La noche que nos conocimos te dije que nunca había conocido a una mujer como tú, que sentía como si fueras una parte de mí que no sabía hubiera perdido hasta encontrarte...

–Sí, lo recuerdo.

–Era cierto entonces y sigue siéndolo ahora. Tras la muerte de mis padres y el marido de mi hermana perdí la fe en el amor y, como un tonto, pensé que, si me casaba por razones de Estado, dejaría de pensar en ti. Pero estaba equivocado y verte de nuevo me lo demostró. De todo lo que he conseguido en mi vida, tu amor, *rohi*, es de lo que más orgulloso me siento.

–Desde el principio me has llamado «rohi». ¿Qué significa?

–Significa «alma mía» y eso es en lo que te has convertido –respondió Zahir–. Pero te he preguntado si quieres ser mi esposa y aún no has respondido –dijo luego, quitándole el pasador del pelo.

–¡Sí, sí, sí y mil veces sí! –exclamó Gina, echándole los brazos al cuello.

A la sombra que creaban las lámparas en las paredes de la tienda, su piel pálida como la leche y más suave que la seda, Zahir la desnudó y se enterró en ella, su miembro endureciéndose como el acero.

–Te amo –murmuró, acariciando sus pechos–. Adoro lo que me haces sentir.

Los embrujadores ojos de Gina sonreían provocativos en la tienda beduina, su brillante pelo rubio brillando a la luz de un candil.

–¿Cómo te hago sentir? Dímelo... y puedes ser tan romántico como quieras, amor mío.

–No sé si podré ser romántico –murmuró él, excitado–. Pero estar dentro de ti me hace sentir como si fuera a morir de placer, mi *jequesa*.

–¿La jequesa no es la esposa del jeque?

–Así es.

–Aún no soy tu mujer.

–Pero pronto lo serás –afirmó él, ese objetivo haciendo que empujase con más fuerza.

Gina cerró los ojos para absorber el poder de aquella increíble unión y luego volvió a abrirlos, moviendo las caderas adelante y atrás mientras sentía que se habían convertido en uno solo en cuerpo y en espíritu. Unos segundos después, el clímax la llevó a un estado de éxtasis en el que Zahir quería participar de inmediato. Nunca le había parecido más radiante...

–Y cuando nos hayamos casado, pronto tendrás un hijo mío, *rohi* –dijo luego, clavando los dedos en las redondeadas caderas para retenerla exactamente donde quería.

Unos segundos después se dejaba ir, derramando su ardiente semilla dentro de ella.

Capítulo 12

GINA no había podido dejar de temblar en todo el día. Había temblado de emoción cuando vio a Zahir, con su magnífica túnica negra y dorada, como un poderoso guerrero de antaño. Había temblado cuando hicieron las promesas matrimoniales, aceptándolo como marido para siempre, y seguía temblando desde su gran entrada en el palacio para celebrar el banquete después de la boda.

Un enorme grupo de invitados se había reunido en el jardín para compartir su alegría, entre ellos Masoud y los señores Hussein, pero el más importante de todos era su padre que, sorprendentemente, había acudido a la boda con su ama de llaves, Lizzie Elridge.

Mientras saludaba a unos y a otros, impaciente por abrazarlo, Gina vio que tomaba a la mujer por la cintura en un gesto posesivo. Iba muy guapo con un traje de chaqueta de color claro, el pelo recién cortado... incluso había cambiado de colonia.

¿Sería cosa de Lizzie? Evidentemente, aquella mujer había llevado muchos cambios a la vida de su padre y Gina se alegraba de corazón.

–Estás radiante, cariño, como una princesa en la corte de un califa –le dijo, apretando su mano cuando por fin pudo llegar a su lado–. ¿Tu joven príncipe del desierto sabe lo afortunado que es?

Gina sonrió mientras Zahir la abrazaba por detrás. Le encantaba que la abrazase así; notar su indomable fuerza la hacía sentir amada y protegida.

–Desde luego que lo sé, profesor Collins –respondió él–. Créame, sé que conocer a Gina fue una bendición para mí. Ese día encontré al amor de mi vida y le agradezco de corazón que aceptase concederme su mano.

–Pero debes cuidar de ella porque significa mucho para mí –le advirtió su padre–. Me temo que cuando era niña no le dije que la quería tan a menudo como debería, pero ahora que soy mayor y más sabio, me doy cuenta de que siempre ha sido un regalo para mí y espero compensarla como merece.

–Siempre será bienvenido en el palacio, doctor Collins –dijo Zahir entonces.

Emocionada, Gina se inclinó hacia delante y besó a su padre en la mejilla.

–Yo también te quiero mucho, papá.

Mientras su flamante marido y su padre charlaban, Zahir apretó su cintura con gesto posesivo, como diciendo: «Ahora soy yo quien cuidará de ti».

–Enhorabuena a los dos –dijo Lizzie Elridge, un poco nerviosa.

Y era comprensible. Unas horas antes estaba en Londres, atendiendo a un viejo profesor de historia que aún lloraba a su esposa y, de repente, estaba en Kabuyadir, un reino del desierto, en la boda de un imponente emir con una chica británica normal y corriente. Debía de estar preguntándose si había frotado la lámpara de Aladino mientras pasaba el polvo, conjurando una escena que parecía sacada de un cuento de hadas oriental.

–Muchas gracias –Gina sonrió–. Quiero agradecerte que cuides tan bien de mi padre. Me siento mucho más tranquila sabiendo que hay alguien en su vida que lo ayuda y cuida de él.

–Tu padre ha cambiado mi vida y la de mi hijo también, Gina. La verdad es que yo no confiaba en los hombres hasta que conocí a Jeremy. Es un caballero.

–Sí, lo es –asintió ella.

–Y, si estás preocupada por él, llámame cuando quieras y te contaré cómo está.

–Lo haré.

–¿Te han hecho ese vestido tan bonito especialmente para este día? –preguntó la mujer, cambiando de tema diplomáticamente.

–Así es –Gina sonrió, acariciando el vestido de seda en color blanco con un corpiño bordado con joyas.

–Es precioso, pareces una diosa.

–Gracias, Lizzie. No sé si parezco una diosa, pero debo admitir que me siento como una princesa. Le he prometido a mi marido que no se me subirá a la cabeza...

Zahir y su padre volvieron con ellas en ese momento.

–Puedes portarte como una princesa porque lo eres –dijo Zahir–. Y más hoy, el día de tu boda, *rohi*. Aunque, conociéndote, pronto volverás a ser la tímida, discreta pero secretamente peleona Gina a la que adoro.

–¿Tú me llamarías peleona, papá?

–Eres digna hija de tu madre, cariño. Charlotte fue una historiadora entregada, pero eso no significa que fuese aburrida o que no tuviese temperamento. Te aseguro que lo tenía. Te pareces a ella y yo no podría estar más orgulloso.

–Gracias, papá.

Durante el banquete, Gina abrazó a su nueva cuñada, Farida, bellísima con una túnica en color azul turquesa, su brillante pelo oscuro en un elegante recogido.

–Ahora eres mi hermana, Gina.

–Y nada podría alegrarme más –asintió ella.

–Estaba equivocado sobre El Corazón del Valor, hermana –le confesó Zahir–. Tú tenías razón: es una bendición, no una maldición. Te juro que jamás volveré a pensar siquiera en venderla.

–Me alegro mucho, hermano.

–En el futuro, le haré caso a las dos mujeres de mi vida cuando se trate de algo tan importante.

–Si haces eso, serás un gobernante sabio y justo –respondió Farida.

–Perdón... –un joven de pelo negro, con los ojos de color ébano más intensos que Gina había visto nunca aparte de los de su marido, se acercó a ellos.

–¡Masoud! –exclamó Zahir, abrazando a su amigo–. ¿Cómo estás?

–Mejor que nunca... gracias a ti.

El joven se volvió hacia Gina.

–Tu amor y tu belleza han transformado a mi amigo.

Su Alteza es el más feliz de los hombres –le dijo, con una sonrisa en los labios–. Me gustaría darte las gracias por eso. Ningún hombre merece más la felicidad que él.

–Gracias, Masoud. Sé que tu amistad significa mucho para Zahir y, por eso, también significa mucho para mí.

Más tarde, cuando el banquete casi había terminado y los invitados empezaban a despedirse, Gina y Zahir tomaron un aromático café con Farida, el padre de Gina y Lizzie en uno de los bellos salones del palacio, recordando los mejores momentos de aquel día tan feliz.

Sentada al lado de su marido en uno de los suntuosos sofás, Gina seguía la conversación anhelando secretamente estar a solas con él en su noche de bodas. Pero no podía dejar de pensar en lo feliz que había hecho a Zahir volver a ver a sus amigos Amir y Masoud. Era un hombre tan leal, un gobernante tan justo, un hermano tan cariñoso, un marido tan apasionado...

–Emir... –estaba diciendo su padre.

–Zahir, por favor –lo interrumpió él–. ¿Puedo llamarte Jeremy?

–Por supuesto.

–Ahora somos familia y no quiero que las formalidades sean una barrera para nuestra amistad.

–Zahir –dijo Jeremy Collins, con una sonrisa de oreja a oreja–. Espero no molestarte al sacar este tema, pero me preguntaba si estarías dispuesto a considerar la posibilidad de exponer El Corazón del Valor en el Museo Británico. No tengo la menor duda de que despertaría el interés de miles de personas, especialmente porque de alguna forma os unió a mi hija y a ti.

–¿Qué te parece, Gina?

Le sorprendió que su marido le pidiese opinión sobre una joya que pertenecía a la familia Khan... claro que también ella pertenecía a la familia Khan a partir de ese momento, pensó,

Y a él.

Zahir no la había soltado desde que empezó la ceremonia e incluso en aquel momento, frente su padre, seguía abrazándola.

Claro que también Zahir le pertenecía a ella. Y Gina no iba a dejar que lo olvidase.

–Estoy de acuerdo con mi padre en que despertaría el interés no solo de historiadores y expertos en arte, sino del público en general. Pero la cuestión es si tú estás dispuesto a permitir que se exhiba en Londres. Después de todo, es una herencia familiar que no ha salido nunca del país.

–¿Por qué no? –Zahir sonrió, mirándola con un mundo de ternura en los ojos–. Pude que sea divertido pasar un par de semanas en Londres. Aún no hemos elegido dónde iremos de luna de miel porque tú no te decides.

–Me gusta estar aquí –le confesó Gina–. Me gusta tanto que no necesito ir a ningún otro sitio por el momento.

–Pero, si vamos a Londres, podrías ser mi guía personal. Cuando estudiaba en Oxford fui varias veces, pero será diferente ir contigo –Zahir miró luego a su suegro–. De modo que la respuesta a tu pregunta es sí, Jeremy. No me importaría exponer la joya en Londres.

Y Gina pensó que nunca lo había amado más que en ese momento.

Gina y Zahir, acompañados por un imponente guardia de seguridad, paseaban por la sala del Museo Británico donde se exponía El Corazón del Valor. Con su apuesto marido apretando su mano, Gina se sentía como en el decorado de una película, ella en el papel de la afortunada protagonista y Zahir como el guapísimo e invencible héroe.

Todas las mujeres suspiraban al verlo y la escena parecía un sueño, pero solo tenía que mirar a los ojos de su marido para saber que no era una ilusión, sino una realidad.

Llevaban tres meses casados y cada día y cada noche eran una luna de miel. Cada mañana, cuando despertaba en la cama del palacio o en la querida tienda beduina que solían visitar a menudo, Gina encontraba un regalo de su marido sobre la almohada, cada uno más precioso que el anterior.

Aquel día, como le habían prometido a su padre, tendría lugar la presentación de El Corazón del Valor en Europa y la joya estaba colocada en una urna de seguridad, protegida por un cristal blindado, junto con una colección de antiguos objetos persas que eran el orgullo de Zahir.

Vestido con una de sus ya familiares chilabas, el pelo suelto sobre los poderosos hombros y las brillantes botas negras, parecía un pájaro exótico en medio de un montón de aburridos gorriones.

Los fotógrafos se empujaban unos a otros para tomar las mejores instantáneas y Gina tiró del brazo de su marido para llamar su atención mientras se dirigían hacia ellos.

–Dime –murmuró Zahir.

–Estoy embarazada.

–¿Qué?

–Iba a contártelo durante la cena, pero de repente... –Gina sintió que le ardía la cara–. De repente, no podía esperar más.

–¿Estás segura? ¿Desde cuándo lo sabes?

–Llevo teniendo síntomas un par de semanas, pero el doctor Saffar me lo ha confirmado esta mañana.

Zahir sacudió la cabeza.

–Eres muy mala. Mira que contármelo en este momento...

–¿Es un mal momento?

–Bueno, si no te importa que te demuestre lo contento que estoy delante de toda esta gente, solo tienes que decirlo –respondió él.

Gina puso una mano en su torso cuando inclinó la cabeza para besarla.

–No, no –lo interrumpió, riendo–. ¿Estás contento?

–¿Contento? Soy más feliz que nunca, *rohi* –respondió Zahir–. He soñado con este momento desde antes de casarme contigo.

–¿De verdad?

–Es la noticia que todo marido sueña escuchar, amor mío. ¿Tú eres feliz?

–Mucho –Gina contuvo el aliento al ver un brillo apasionado de sus ojos.

Sí, sabía cuánto significaba para él que tuvieran un hijo y lo deseaba tanto como Zahir, pero a veces las sombras del pasado volvían a la superficie, amenazando su felicidad. Aunque Gina había resuelto olvidarse de esas sombras y, sencillamente, disfrutar de su buena fortuna.

Además, Zahir estaba sonriendo y eso borró todas las dudas de un plumazo. Cuando su marido sonreía era como un sol que aparecía tras unas oscuras nubes de tormenta, iluminando el mundo entero.

–¿Cómo esperas que haga mi discurso de presentación después de darme tal noticia?

–Lo harás muy bien –Gina sonrió, poniéndose de puntillas para besarlo–. Te has enfrentado con una horda de rebeldes sin parpadear. Si puedes hacer eso, sin la menor duda podrás hablar de una joya familiar a un grupo de curiosos. Será facilísimo.

–¡Emir Kazeem Khan! –gritó alguien–. ¿Podemos hacer una fotografía de usted con la bella jequesa?

Cuando se volvieron para enfrentarse con los fotógrafos, Zahir le pasó un brazo protector por la cintura.

–Cuanto antes volvamos a Kabuyadir y a un relativo anonimato, mejor –le dijo al oído.

Ella lo miró con sus ojos azules infinitamente tiernos y burlones a la vez.

–Aunque no fueras un emir no podrías pasar desapercibido. Eres demasiado imponente.

–Imponente, pero encantador –bromeó él, besándola para que todos lo vieran.